Ernst von Wildenbruch

Meister Baldzer - Schauspiel

Ernst von Wildenbruch

Meister Baldzer - Schauspiel

ISBN/EAN: 9783743643802

Hergestellt in Europa, USA, Kanada, Australien, Japan

Cover: Foto ©Andreas Hilbeck / pixelio.de

Weitere Bücher finden Sie auf **www.hansebooks.com**

Meifter Balzer.

Meister Balzer.

Schauspiel

von

E. von Wildenbruch.

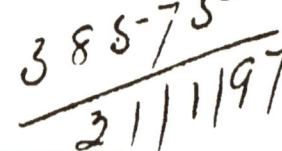

Berlin, 1893.

Verlag von Freund & Jeckel.

(Carl Freund.)

———

Meinem Freunde

dem Uhrmacher

Adolph Balzer

in Frankfurt a. d. Oder.

———————

Der Zeit gedenk, da auf verworrnen Wegen
    Ich Zukunft suchte, aller Hoffnung bar,
Tritt mir das Bild des Mannes neu entgegen .
    Der damals Trost mir und Berather war.

Wir waren Drei der Eine ist gegangen,
    Du warst der Andre und Du bist noch da;
Die Stube, rings mit Uhren ausgehangen,
    Die alte Zeit, sie ist mir wieder nah.

Ich höre Deine Uhrenpendel ticken
    Es schaart sich andachtsvoll der Freunde Kreis,
Ich sehe Dich zu meinen Worten nicken —
    Dein Lächeln meines Werkes liebster Preis.

So vieles war, was mir den Muth verzehrte
    So manche Sorge grub an meiner Ruh',
Doch Einer war, der immer Muth gewährte
    Und dieser Eine, immer warst es Du.

Du mit der Kunst in tief verschwiegnem Bunde,
    Den Menschen nur ein still verborgner Mann,
Das ist mir heute eine Freudenstunde
    Da vor der Welt ich Freund Dich nennen kann.

Empfang' mein Werk, und wenn an Deinem Bilde
    Auch Züge sind, die nicht das Urbild trägt,
Nimm's dennoch freundlich an und richte milde —
    Was drüber ist, hat Liebe zugelegt.

Berlin, im Dezember 1892.

                Ernst v. Wildenbruch.

Personen.

Balzer, Uhrmacher.

Frau Balzer.

Lotte, beider Tochter.

Wittwe Mühlich.

Otto, ihr Sohn, Gehülfe bei Balzer.

Anton Grottke, ehemals Gehülfe bei Balzer.

Käthe Grottke, seine Schwester.

Brieskow, Schulze.

Lange,
Domhoff, } Gemeinde= } im Dorfe Rosengarten.
Köhler,   Verordnete.

Schmiedike, Gasthauswirth im Dorfe Rosengarten.

Wilhelm, } im Dienste bei Schmiedike.
Minna,

Arbeiter. Arbeiterinnen. Dorfbewohner.

Ort: Eine kleine märkische Stadt.

Zeit: Gegenwart.

Erster Akt.

(Scene: Zimmer bei Balzer. Ein kleinbürgerlicher Raum. An der linken Seite zwei mäßig große Fenster, beide geöffnet, durch die man in die grünen Büsche eines Gärtchens hinausblickt. Vor jedem der Fenster steht ein Tisch und auf jedem der beiden Tische liegen Bestandtheile von Uhren. Eine Thür im Hintergrund; eine zweite Thür mit einer Glasscheibe im oberen Theil, die sich auf- und niederklappen läßt, in der rechten Wand. Zwischen dieser Thür und dem Ofen, der in der hinteren rechten Ecke steht, ein einfaches Sopha; an der anderen Seite der Thür, rechts an der Wand, ein runder Tisch, auf welchem einige Bücher liegen und ein Goldfisch-Behälter steht. An diesem Tische zwei Stühle, an die Wand gerückt. An den Wänden des Zimmers hängen mehrere Pendel-Uhren. Ein großes rundes Zifferblatt, dem Umfange nach für eine Thurmuhr bestimmt, lehnt an dem Tische, welcher vor dem vorderen der beiden Fenster steht. An der Wand rechts, über dem Sopha, ein Wandkalender. Es ist früher Morgen; Sonnenschein.)

Erster Auftritt.

Balzer (sitzt an dem Uhrentische vor dem ersten Fenster). Otto (sitzt an dem Uhrentische vor dem zweiten Fenster).

(Beide arbeiten, auf ihre Tische gebeugt, stumm vor sich hin, so daß man keinen Laut im Zimmer hört, als nur das Ticken der Uhrenpendel.)

Zweiter Auftritt.

Lotte (kommt aus der Thür im Hintergrunde. Sie trägt einen Korb in der Hand, in dem ein Strickstrumpf und zwei Flieder-Dolden liegen. Sie geht hinter Otto und Balzer vorbei und wirft jedem über den Kopf weg eine Flieder-Dolde auf den Tisch. Nachdem sie dies gethan, geht sie an den runden Tisch, der rechts an der Wand steht und stellt den Korb darauf, setzt sich an den Tisch, nimmt ihren Strickstrumpf heraus und fängt an zu stricken. Balzer und Otto haben nicht aufgesehen. Das anfängliche Schweigen herrscht noch einige Zeit lang fort).

Balzer (ohne aufzusehen).

Ist das die Lotte?

Lotte.

Es ist die Lotte.

Balzer (nach einer Pause).

Oder die Motte?

Lotte.

Vielleicht auch die Motte.

Balzer (nach abermaliger Pause).

Etwa gar die Marmotte?

Lotte.

Es wird die Marmotte sein.

(Pause.)

Otto.

Aber Lottchen — Einem so den Flieder auf die Uhr=
Räder zu werfen.

Lotte (ohne aufzusehen).

Hm —

Otto.

Wo Alles so voll Thau hängt.

Lotte.

Werd' ihn wohl nicht abgewischt haben vorher?

Balzer.

Wird ihn schon abgewischt haben vorher.

Otto.

So ein Tröpfchen bleibt immer leicht hängen.

Lotte

(steht auf, geht hinter Otto, nimmt die Flieder=Dolde vom Tisch, wischt sie an seinen
Locken ab, hält sie ihm dann vor's Gesicht).

Nu trocken?

Otto.

Scheint ja.

⚜ Erster Akt. ⚜

Lotte (hält ihm die Dolde unter die Nase).

Mal riechen — gut?

Otto.

Kann so bleiben.

Lotte

(wirft die Dolde auf den Tisch zurück, drückt die Wange an Otto's Kopf und flüstert
ihm in's Ohr).

Dummkopf!

(Sie geht an ihren Platz zurück und nimmt ihren Strickstrumpf wieder auf.)

Balzer (wie vorhin).

Lotte —?

Lotte.

Hm?

Balzer.

Was will denn die Motte?

Lotte.

Dabei sein.

Balzer.

Wo dabei?

Lotte.

Bei Vater und Otte.

Balzer.

Weiter nichts?

Lotte.

Ist genug.

(Pause.)

Balzer.

Lotte?

Lotte.

Hm?

Balzer.

Warum bist Du denn kein Junge geworden?

Lotte.

Weil ich dann nicht Vaters Motte sein könnte.

Balzer.

Wenn Du nu kein Mädchen wärst, was möchtest Du denn dann sein?

Lotte.

Eine Uhr.

Otto (lacht vor sich hin).

So ein Taschenuhrchen? Nicht?

Lotte.

Nein — eine Wanduhr.

Otto.

Wenn Du eine Uhr wär'st, müßte Dich Vater aber doch verkaufen? Und dann kommst Du aus'm Haus?

Lotte.

Wenn ich aus'm Haus käme, bliebe ich stehn.

Balzer.

Immer nur an der Wand hängen?

Lotte.

Und dabei sein — Ach —

Balzer.

Was wird denn da geseufzt?

Lotte.

Es ist so schön.

Balzer.

So schön? Was?

Lotte.

Alles.

Otto (lacht vor sich hin).

Und da seufzt sie —

Lotte.

Vater, nicht wahr? Otte ist dumm?

4

Balzer.

Ne gar nicht; Otto wird mal ein großer Uhrmacher werden.

Lotte

(springt freudig auf, tritt hinter Otto, nimmt seinen Kopf in ihre Hände, schmiegt die Wange daran).

Dumm ist er aber doch — dummer Otte!

Balzer (dreht sich auf dem Sessel herum).

Nu fange ich mir einen Fisch. (Fängt sie in seine Arme, setzt sie sich auf den Schoß.) Eine Uhr möcht'st Du sein?

Lotte.

Bin ja eigentlich schon eine; soll ich Dir zeigen wie?

Balzer.

Na mal!

Lotte (legt die Arme um seinen Hals).

Das ist die Unruhe.

Balzer.

Das ist die Unruhe.

Lotte (führt seine Hand auf ihr Herz).

Und da drin — da ist die Spiralfeder.

Balzer (lacht über's ganze Gesicht).

Was das Mädchen weiß! (Er öffnet mit den Fingern ihre Lippen, so daß man die Zähne sieht.) Und das ist das Zahnrädchen? Hm?

Lotte.

Das ist das Zahnrad.

Balzer.

Otto, sieh mal her — ob wohl ein Uhrmacher auf der Welt solch ein Zahnrädchen zu Stande bringt?

Otto (beugt sich herüber).

Hm — kann so bleiben.

5

Lotte
(beugt ſich hinten über, umfängt Otto's Kopf mit beiden Armen, zieht ihn zu ſich nieder).

Pappſtoffel.

Otto.
Aber — Lotte? —

Lotte (ſagt ihm laut in's Ohr).
Papp — Papp — Pappſtoffel!

Balzer (ſieht glücklich lachend auf ſie nieder).
So ein Balg — ſo ein Fiſch — biſt Du mein Haupt=
Balg?

Lotte.
Bin Vaters Haupt=Balg.

Balzer
(richtet ſie auf, ſo daß ſie wieder gerade auf ſeinem Schoße ſitzt).

Aber da könnt Ihr nu mal ſehn, was die Uhrmacherei iſt. Das
haſt Du ſo zum Spaß geſagt, daß Du eine Uhr biſt; iſt
aber gar kein Spaß; ſo eine Uhr — das iſt ein Menſch.

Otto.
Ja, wenn ſie gut geht.

Balzer.
Wenn ſie gut geht — eine ſchlechte Uhr iſt überhaupt gar
keine. Das iſt nicht ſo als wenn ein Tiſchler einen ſchlechten
Tiſch macht — eine ſchlechte Uhr — das — iſt eine Sünde.

Otto.
Dann laufen viel Sünden in der Welt 'rum.

Balzer.
Seitdem, daß ſie die Fabriken haben, wo ſie die Uhren
im Ramſch machen. Ja. — Aus Meiſter Balzer ſeiner Werk=
ſtatt geht ſo etwas nicht aus.

Otto.
Nein — von uns nicht.

Balzer (nimmt eine Taschenuhr auf).

So eine Uhr — aber so sind die Menschen — da stecken
sie's in die Tasche, und von Hunderten ist noch nicht Einer,
der einmal daran denkt, was er da eigentlich mit sich trägt.
Zwischen den zwei Deckeln von der Uhr, siehst Du, da stecken
Jahrhunderte Menschen-Geist und Menschen-Arbeit. Und so
was wollen sie heutzutage im Ramsch machen!

Lotte (citirend).

„Die Uhr ist die bewunderungswürdigste Maschine im
kleinsten Raume."

Otto.

Nu hört — woher hast Du denn das?

Lotte.

Hab' ich gelesen.

Otto.

Hat sie gelesen.

Lotte.

Warum denn nicht?

Balzer.

Freilich auch, warum denn nicht? Ist recht, daß Du so
etwas liest. (Er hält ihr die Uhr an's Ohr.) Hörst Du das?

Lotte.

Tiktak — tiktak.

Balzer.

Das ist ihre Seele, verstehst Du? Und die macht ihr
der Uhrmacher; und darum ist sein Beruf ein hoher Beruf,
ja, man kann sagen, etwas Heiliges. Was sagt die Motte
dazu?

Lotte.

Die hört bloß zu.

Balzer.

Versteht sie's auch?

Lotte.

Weiß nicht — aber es ist schön.

Otto.

Ja. Meister Balzer, wenn man Euch so reden hört, es ist wirklich wahr, man arbeitet gleich noch einmal so leicht.

Balzer.

Darum muß der Uhrmacher, der eine schlechte Seele in die Uhr setzt, selber ein schlechter Mensch sein. Darum sind all' die großen Uhrmacher, soviel in der Welt gelebt haben, ernste Männer gewesen, erhabene Männer, und haben kein Vergnügen gefunden an dem, was die Anderen amüsirt, an Tanz und Spiel. Weil sie an ihre Aufgabe gedacht haben, an ihre große Aufgabe.

Lotte.

Vater, nicht wahr? Solch Einer bist Du auch?

Balzer.

Na — mit den großen Uhrmachern, da kann ich mich nu nicht vergleichen.

Otto.

Da möchte Mancher anderer Meinung darüber sein.

Balzer.

So?

Otto.

Auf zehn Meilen im Umkreis wissen die Leute, was es heißt, wenn Einer eine Uhr hat, die Meister Balzer gemacht hat.

Balzer.

Ist schon gut.

Lotte.

Laß ihn doch erzählen, Vater!

8

Otto.

Und ſogar in Berlin kennen ſie Euch recht gut.

Balzer.

Was weißt denn Du davon.

Otto.

Na — ſo viel weiß ich doch, daß der Berliner Herr, der die Uhrenfabrik hier angelegt hat —

Balzer (ſteht plötzlich auf).

Davon ſei ſtill!

Otto.

Wie der ſich auf den Kopf ſtellen würde vor Vergnügen, wenn Meiſter Balzer in ſeine Fabrik einträte.

Balzer.

Davon ſoll nicht geſprochen werden in meinem Haus! Niemals!

Otto.

Ich ſage ja nur —

Balzer.

Niemals! Und niemals! (Er geht erregt auf und ab.)

Lotte (umarmt ihn, ſtreichelt ihn).

Nicht ſo böſe ſein!

Balzer.

Und Du am wenigſten, Otto; verſtehſt Du, Du am wenigſten ſollſt davon reden!

Lotte.

Er iſt ja ſchon ſtill.

Balzer.

Denn das — na es iſt gut. — Wovon ſprach ich. Ja

9

— siehst Du, Lotte, über seinen Schatten kann Niemand springen, und mehr aus sich herausgeben, als in ihm ist, kann Niemand. Ich bin nun, was ich bin — und fleißig bin ich ja gewesen, das kann ich sagen. (Er legt die Hand auf Otto's Haupt.) Aber hier ist Einer, siehst Du — aus dem wird mal was werden, der wird mehr sein, als der alte Balzer war.

Otto.

Na na — Meister Balzer.

Balzer.

Laß Du mich reden; ist Dir keine Schande, und geschmeichelt auch nicht. Sichere Hand und sicheres Auge, das haben An=dere auch. Aber das allein macht die Uhr nicht. Die Uhr ist ein Kunstwerk, dazu braucht man das Innere. Und das haben die Anderen nicht, und Du hast es.

Otto.

Das hab' ich von Euch bekommen, Meister Balzer.

Balzer.

Das wäre nicht gut; so was bekommt der Mensch nicht vom Menschen, so was muß er mit sich bringen, das bekommt er von Gott. Und Du hast's mitgebracht. Das hab' ich ge=wußt, als Du hier hereingekommen bist zu mir, hier in die Stube zum ersten Mal und ich Dir in die Augen gesehen habe. Weißt Du das noch?

Lotte.

Gerade Mittag hat's geschlagen, als er gekommen ist.

Balzer.

Siehst Du, wie die Motte aufgepaßt hat? — Aber sie hat Recht. Gerade Mittag hat's geschlagen (zeigt auf eine Pendeluhr an der Wand) und die Alte da ist's gewesen. (Er geht an die Pendel=

10

uhr, streichelt sie.) Die Alte — die hat schon Manches gesehn. Wie die Motte zur Welt gekommen ist, ist sie auch schon dagewesen —

Lotte.

Hat sie sich gefreut, als die Motte gekommen ist?

Balzer.

Das weiß ich nicht, denn was so eine alte Pendeluhr ist, siehst Du, die ist immer ruhig, immer ruhig. „Nu ist sie da" hat sie gesagt.

Lotte (umhalst ihn).

Nun ist sie da!

Balzer.

An der Alten, siehst Du, hab' ich mein Meisterstück gemacht; das ist das Liebste, was ich habe, und wenn die Motte mal heirathet, dann kriegt sie die mit.

Lotte.

Nein, Vater!

Balzer.

Na?

Lotte.

Die muß hier bleiben, immer hier an der Wand.

Balzer
(hat den linken Arm um Lotte, den rechten um Otto geschlungen).

Kindskopf — wer sagt denn, daß es nöthig ist, daß Du aus'm Haus kommst, wenn Du mal heirathest?

Lotte
(verbirgt kichernd ihr Gesicht an seinem Halse).

Aber Vater —

Balzer.

Was giebt's denn zu lachen?

Lotte.

Der — der Otto macht so ein dummes Gesicht.

Otto.

Immer hat sie's mit mir.

Balzer.

Immer hat sie's mit Dir — Ihr Kinder — (Küßt Beide
nach einander auf den Kopf.) Ihr Kinder.

Otto (ergreift Balzers Hand).

Vater Balzer, es ist wirklich wahr, manchmal weiß ich
doch gar nicht, wie ich Euch für Alles danken soll.

Balzer.

Thu's nicht mit Worten, thu's mit der Art, wie Du bist.
Denk an die alte Penduluhr, denk immer an die alte Pendel=
uhr; das Gesetz, das sie in ihrem Leibe trägt, siehst Du, das
ist das Gesetz der Welt. Gang und Hemmung — so heißt's
— da steckt's. Gang und Hemmung — das hat Jahrhun=
derte gedauert, bis daß sie dahinter gekommen sind, wie sie
es machen müßten, daß sie die laufende Welle am Ablaufen
verhinderten — endlich haben sie's doch 'rausgekriegt. Die
Menschen sind klug — ja ja — wenn man wüßte, wer der
Mann gewesen ist, der zum ersten Male das Rad in der
Hemmung fing — ein Denkmal müßte man ihm aufbau'n
größer als allen Feldherren der Welt!

Otto.

Weiß man's nicht?

Balzer.

Einige meinen, der Pazifikus von Verona sei es gewesen —
Andere sagen, der Mönch Gerbert von Auvergne — den sie
später zum Papst gemacht haben. Wenn der's gewesen ist —
na es ist wahr, — dann hat er's verdient, daß er Papst
geworden ist.

Lotte.

Gott — Otto — ?

Otto.

Na?

Lotte.

Dann wirst Du am Ende auch noch einmal Papst?

Otto.

Aber Lotte —

Lotte.

(nimmt Otto's Kopf in beide Hände, zieht ihn tänzelnd im Zimmer umher).

Otte wird Papst! Otte wird Papst!

Otto (sträubt sich).

Aber Lotte — aber Lotte —

Balzer (schlägt sich auf's Knie).

So ein Balg! So ein Fisch!

Lotte.

Vater, gieb mal den Blaustift her.

Balzer

(holt aus der Westentasche einen Stift vor).

Was soll's denn?

Lotte

(ergreift den Stift, läuft an den Wandkalender, der über dem Sopha hängt).

Ein Tag wird wieder ausgestrichen! (Sie streicht an dem Kalender einen Tag aus). Jetzt sind's bloß noch acht Tage, dann geht's nach Rosengarten 'raus!

Balzer (tritt an den Kalender).

Wahrhaftig?

Lotte.

Da siehst Du's. In acht Tagen ist Himmelfahrt!

Balzer.

Ist wirklich wahr.

Lotte

(rafft eine Zeitung vom Tische auf).

Im Anzeiger steht's: „Zu Himmelfahrt großes Kegelfest in Rosengarten, in Schmiedites Gartenlokal." Vater, der große Garten, weißt Du? mit den großen Linden — wo die langen Tische drunter stehn mit den Bänken davor — wo wir immer Kaffee getrunken haben. Gott, Kinder, wird das schön!

Balzer.

Freilich, wenn ich zu meinen Rosengartnern komme, das ist immer gute Zeit.

Lotte.

Und die Kegelei! Vater schiebt alle Neune und Otto Achte um den König!

Otto.

Nur nicht zu hitzig.

Lotte (knigt spöttlich vor Otto).

Sie scheinen sich nicht sehr zu freuen, Herr Otto Mühlich? Sie wissen wohl gar nicht, was Rosengarten ist?

Otto.

Nu soll ich nicht wissen, was Rosengarten ist.

Lotte.

Daß das ein sehr berühmter Ort ist?

Otto.

Ein berühmter Ort?

Lotte.

Wo der große Uhrmacher geboren ist! Der Herr Otto Mühlich! Den sie früher, als er noch nicht berühmt war,

14

den dummen Otto nannten. (Faßt ihn an beiden Ohren.) Gott — Otto — freust Du Dich denn gar nicht ein bißchen?

Otto.

Ich freue mich ja.

Lotte (schüttelt ihn).

Ich freue mich ja — mu — mu — alter Mu=Kopf.

Balzer
(hat sich niedergesetzt und die große Uhren=Scheibe vorgenommen).

Aber Kinder, wenn's so nah' vor der Thür steht, daß wir nach Rosengarten gehn, dann muß ich mich dran halten. Lotte, diesmal werden die Rosengartner sich freuen, wenn ich zu ihnen komme.

Lotte.

Bringst Du ihnen was mit, Vater?

Balzer.

Na beinah — es ist zwar noch nicht fertig, aber bald. Seit einem Jahr bin ich darüber her.

Lotte.

Was wird's denn?

Balzer.

Eine neue Thurmuhr will ich ihnen machen. Sie haben da so einen alten Rumpelkasten, weißt Du, der zu nichts mehr taugt. Nu hab' ich ihnen das Ding alle Jahr wieder aufge= möbelt, daß es leidlich ging, aber nu will die Schartcke par= tout nicht mehr weiter.

Lotte.

Und nu machst Du ihnen eine ganz neue?

Balzer.

Nu mach' ich ihnen eine ganz neue.

15

Lotte.

Siehste, Vater, das ist nett.

Balzer.

Ja, und dazu hab' ich mir alles Mögliche ausgedacht, was den Rosengartnern Spaß machen soll, denn das wäre doch langweilig, wenn da oben immer bloß so ein weißes Zifferblatt 'runterkuckte, und nichts weiter?

Lotte.

Das wäre langweilig.

Balzer.

Siehst Du, darum hab' ich mir ausgedacht: über der Uhr ist ein Haus, und das hat drei Thüren, eine große in der Mitte, und zwei kleinere zu beiden Seiten daneben. Und wenn's volle Stunde ist, dann gehn die Thüren auf und aus den Thüren da kommt etwas heraus.

Lotte.

Da kommt etwas heraus; was kommt denn 'raus, Vater?

Balzer.

Aus der Thür in der Mitte, da kommt der alte Kaiser Wilhelm. Aus der Thür rechts der Bismarck und links Moltke —

Lotte (klatscht selig in die Hände).

Balzer.

Und so oft als nu die Stunde zählt, nehmen die Beiden den Helm ab und rufen Hurrah!

Lotte (schlägt in die Hände).

Hurrah!

Balzer.

Und wenn sie fertig sind, dann legt der alte Wilhelm die Hand an den Helm und dreht den Kopf einmal zu Bismarck und einmal zu Moltke, und dann machen sie alle drei kehrt — und klapp geh'n die Thüren wieder zu.

Lotte.

Gott aber Vater, das ist ja zu reizend! Otto — was sagst denn Du dazu? Sagst Du gar nichts?

Otto
(der wieder über seinen Tisch gebückt sitzt).

Ich höre schon.

Balzer.

Aber das ist noch nicht alles. Unter der Uhr, siehst Du, da machen wir eine runde Gallerie, und in der Gallerie da läuft ein Figürchen 'rum, jeden Monat ein anderes, immer wie's für den Monat paßt, so daß die Rosengartner immer gleich so 'ne Art Kalender mit der Uhr zusammen haben. Also im Januar, siehst Du, da kommt ein Schneemann, und im Februar ein Faschings-Narr mit 'ner Kappe auf'm Kopf; dann im März ein Ackersmann mit Pferden und Pflug und im April ein Sä'mann. —

Lotte.

Weißt'e Vater, und im Mai, da muß ein altes Frauchen kommen, mit 'ner Spargel-Kiepe auf'm Rücken.

Balzer.

Gut — kommt 'ne alte Frau mit 'ner Spargel-Kiepe. Und im Juni —

Lotte.

Da kommt ein kleines Mädchen mit 'nem großen Blumenstrauß.

Balzer.

Und das sieht so aus wie die Motte.

· Lotte.
(reibt sich die Kniee vor Entzücken).

Ach —

Balzer.

Dann im Juli kommen drei kleine Jüngelchen mit Bade=höschen, im August Einer mit der Sense, und im September kommen sie mit dem Erntewagen.

Lotte.

Und im Oktober ein Jäger mit'm Hund!

Balzer.

Kommt ein Jäger mit 'nem Hund. Aber im November — weißt Du, was da kommt?

Lotte.

Na mal? Na mal?

Balzer.

Da kommen zwei alte Weiber, von denen hat die Eine einen Kaffee=Topp und die Andere eine Schnupp=Tabaksdose.

Lotte (kreischt vor Entzücken).

Eine Schnupp=Tabaksdose! Eine Schnupp=Tabaksdose!

Balzer.

Und dann im Dezember da kommt der Weihnachtsmann.

Lotte.

(ist lachend und prustend im Zimmer umhergelaufen, fällt dem Vater um den Hals).

Ne, Vater, Vater, was werden die sich freuen! Was werden die Rosengartner sich freuen!

Balzer.

Nicht wahr? Und wenn sie recht zufrieden sind, dann mach' ich ihnen später noch etwas.

Lotte.

Immer noch mehr?

Balzer.

Etwas ganz Extraordinäres, aber das fordert Zeit: ein Glockenspiel mache ich ihnen.

Lotte.

Ein Glockenspiel! Nu hör' doch nur, Otto. Vater macht den Rosengartnern ein Glockenspiel!

Otto.

Ich hör' schon.

Lotte.

Was wirst Du spielen lassen, Vater? Etwas recht fröh=liches, nicht wahr? Wo einem so das Herz im Leibe dabei lacht? Nicht wahr?

Balzer.

Siehst'e so hab' ich's mir auch gedacht! ich hab' nämlich lange darüber simulirt, aber nu hab' ich's 'raus: „Freut Euch des Lebens" lasse ich die Glocken spielen.

Lotte.
(tanzt im Zimmer umher, schlägt in die Hände).

Solch ein Mann! Solch ein Mann! (Sie fängt an, zu singen.) Freut Euch des Lebens — (Sie geht zu Balzer, umarmt ihn im Weitersingen.

Balzer
(setzt in ihren Gesang ein, beide singen zusammen weiter).

Weil noch das Lämpchen glüht,
Pflücket die Rose
Eh' sie verblüht.

Dritter Auftritt.
(Die Glasscheibe in der Thür rechts wird von außen niedergeklappt.)

Frau Balzer
(steckt den Kopf durch die Klappe).

Na — hier ist wohl Früh=Konzert? Und kostet nicht einmal Entree?

(Balzer und Lotte haben den Gesang jäh abgebrochen; Lotte ist zurückgetreten, Balzer wendet sich an seine Arbeit zurück, indem er die große Uhren=Scheibe fortstellt.)

Balzer (für sich hin brummend).

Ist doch wohl kein Unrecht, wenn der Mensch am frühen Morgen ein fröhliches Lied singt?

Lotte.

Mutter, weißt Du denn was es war, was wir gesungen haben?

Frau Balzer (tritt ein).

Hab's ja gehört — Ihr freut Euch des Lebens.

Lotte.

Na ja, aber ich meine, was das für einen Zusammenhang hat? Das ist die Melodie von dem Glockenspiel, das Vater für die Rosengartner macht.

Frau Balzer.

Ein Glockenspiel für die Rosengartner?

Lotte.

Eine neue Thurmuhr mit einer Menge wunderschöner Sachen, und später ein Glockenspiel. Was sagst Du dazu?

Frau Balzer (legt Hut und Ueberwurf ab).

Haben die Rosengartner sich denn das bestellt?

Balzer (brummt).

Lotte.

Wo werden sie denn — es soll ja eine Ueberraschung sein.

Frau Balzer.

Das müssen ja liebe Leute sein, für die man sich solche Mühe giebt.

Balzer.

Sind sie auch, gute Leute.

Frau Balzer.

Wenn ihre Eier nur billiger wären.

Balzer.

Ihre — Eier?

Frau Balzer.

Weißt Du was die Mandel in Rosengarten kostet?

Balzer.

Ach — ift ja langweilig.

Frau Balzer.

Langweilig mag's fein, billig ift es nicht. Und baß fie uns die Butter schenkten, ift mir auch nicht bewußt.

Lotte.

Na, aber Mutter —?

Frau Balzer.

Was?

Lotte.

Wie sollten denn die Rosengartner dazu kommen, uns die Butter zu schenken?

Frau Balzer.

Wenn Vater ihnen eine Thurmuhr schenkt?

Balzer.

Was das nun wieder heißen soll —

Frau Balzer.

Und ein Glockenspiel und alles Mögliche dazu?

Balzer.

Wer sagt denn, daß ich's ihnen schenken will?

Frau Balzer.

Wenn sie die Uhr doch gar nicht bestellt haben?

Balzer.

Als ob man Alles vorher bestellt haben müßte, was man kauft!

Frau Balzer.

Was werden sie Dir denn bezahlen für Deine Thurmuhr?

Balzer.

Wie soll ich das denn heut' schon wissen?

Frau Balzer.

Wenn Du 'ne Uhr machst, mußt Du doch auch die Rechnung dafür machen?

Balzer.

Wird ja geschehen, wenn's soweit ist.

Frau Balzer.

Wenn's soweit ist. Das mußt Du doch jetzt schon wissen, wieviel Zeit daß Du an die Uhr verwendet hast?

Balzer.

Na natürlich.

Frau Balzer.

Und wenn Du das Geschäft mit ihnen abmachst, mußt Du ihnen doch sagen können, wieviel daß die Uhr kosten soll?

Balzer.

Ein Geschäft — wer spricht denn von einem Geschäft?

Frau Balzer.

Wovon sprichst denn Du?

Balzer.

Ich spreche davon, daß ich eine Uhr machen will.

Frau Balzer.

Aber eine Uhr macht man doch, damit daß man sie ver= kauft!

Balzer.

Na ja — das ist so Euere Anschauung.

Frau Balzer.

Das mußt Du aber doch selber sagen, daß das nunmal die Hauptsache ist?

Balzer.

Ist gar nicht die Hauptsache.

Frau Balzer.

Aber — was denn sonst?

Balzer.

Sondern die Hauptsache ist, daß es eine gute Uhr wird. Und was sie nachher kostet oder bringt, das ist ganz Wurscht!

Frau Balzer.

Das ist Wurscht?

Balzer.

Jawoll! Denn eine Uhr, das ist ein Kunstwerk; und ein Kunstwerk, das macht man nicht darum weil man so und soviel dafür bezahlt bekommen will, sonern dazu, daß es in der Welt ist, daß die Menschen sich daran erfreuen können und erheben und erbauen.

Frau Balzer.
(die sich inzwischen auf das Sopha gesetzt hat, ringt die Hände im Schooße).

Gott — siehst'e — das versteh' ich nu wieder nicht.

Lotte.
(die während des letzten Gesprächs peinvoll beklommen an ihrem Platz am runden Tisch gesessen und gestrickt hat, wirft jetzt den Strickstrumpf fort, eilt zur Mutter, kniet vor ihr nieder).

Mutter — zank doch nicht — siehst Du — es ist ja doch alles so wunderschön, was Vater sagt!

Frau Balzer.

Was willst Du denn? Wer zankt denn? Es ist ja blos die reine Wahrheit; wenn Vater seine großen Worte macht, das — das verstehe ich nu mal nicht, und verstehe ich nicht. (Fängt an zu weinen.)

Balzer.

Ist schlimm genug.

Lotte
(eilt zum Vater, streichelt ihn).

Ach Vater, Mutter meint es ja gut.

Frau Balzer.

Ist auch schlimm genug — ja es ist ein rechtes Unglück.

Lotte
(stößt Otto mit dem Ellenbogen an, leise).

Gott — Otto — so red' doch nur Du ein Wort.

Otto

(der bis dahin über seiner Arbeit gesessen hat, wendet sich zu ihr).

Ja siehst Du, Lotte, da ist es wirklich schwer etwas dazu zu sagen.

Lotte

(geht tief seufzend an ihren Platz zurück, nimmt ihren Strickstrumpf wieder auf).

Frau Balzer (trocknet sich die Augen).

Aber Eins verstehe ich darum doch: daß es so nicht weiter geht.

Balzer.

Was geht so nicht weiter?

Frau Balzer (mit sich ringend).

Na —

Balzer.

Sprich doch zu Ende!

Frau Balzer.

Daß Du dasitz'st und über Glockenspielen simulirst — und Thurmuhren — und allen möglichen Geschichten — und — und —

Balzer.

Und —

Frau Balzer.

Und unterdessen wird nichts verdient und es kommt kein Geld ins Haus —

Balzer (steht auf).

Da haben wir's — das Geld — und immer das ver= fluchte Geld!

Frau Balzer.

Das verfluchte Geld — als ob ich's haben wollte, um darauf zu sitzen. Aber Fleisch und Kartoffeln und Brod und Gemüse — kostet doch nu mal Geld.

Balzer.

Das weiß ich auch ohne Dich; so klug bin ich allein.

24

Frau Balzer.

Na also. —

Balzer.

Aber wenn ich über meinen Uhren sitze, dann muß ich vergessen daß es noch was anderes außerdem auf Erden giebt. Und wenn ich dabei immer daran denken soll, was es mir bringen wird — dann kann ich das nicht — dann kann ich nicht weiter — dann ist's bei mir da drinnen aus! (Er geht auf und ab.) So bin ich nu mal — und anders als ich bin, kann ich nicht sein! Und darum, wenn ich über meiner Arbeit sitze und in Gottes Frühlingsmorgen hinaussehe, sollst Du mich nicht erinnern an das verfluchte Zeug! Denn wer immer Geld im Kopf herumwälzt, der kriegt niedrige Gedanken und klebrige Finger, und ein Uhrmacher muß hohe Gedanken haben und proppre Finger!

Frau Balzer.

Es ist doch aber nü mal in der Welt, und Du wirst die Welt doch nicht ändern!

Balzer.

Aber hier ist mein Haus und in mein Haus sollen die schlechten Gedanken nicht hinein!

Frau Balzer.

Der Mensch muß aber doch leben?!

Balzer.

Aber er braucht nicht reich zu sein. Zum Leben haben wir unser Haus, und das ist genug.

Frau Balzer (sieht ihn lang und groß an).

Gott — Mann — Mann —

Balzer.

Na?

Frau Balzer
(schnellt in plötzlicher Verzweiflung auf).

Weißt denn Du aber von gar nichts? Weißt Du denn nicht, wie's mit userm Hause steht?

Balzer.

Wieso?

Frau Balzer.

Wieso — daß uns die Hypotheken über'n Schornstein wachsen, die auf unserm Hause liegen?

Balzer (stutzt einen Augenblick).

Ach was — wird so schlimm nicht sein.

Frau Balzer.

Dann geh' doch auf's Grundbuchamt; da wirst Du sehen, ob es so ist, wie ich sage.

Balzer (hat sich schwer niedergesetzt).

Aufs Grundbuchamt?

Frau Balzer.

Ja gewiß — auf's Grundbuchamt.

Balzer (sitzt in düsteres Sinnen verloren).

(Pause.)

Lotte

(hat unterdessen wie verzweifelt gestrickt, ab und zu die Augen auf den Vater richtend, jetzt läßt sie plötzlich den Strickstrumpf fallen, stürzt zum Vater, wirft beide Arme um seinen Hals).

Vater! Mach' nicht solch trauriges Gesicht, Vater! (Sie bricht in Thränen aus, birgt ihr Gesicht an seinem Halse. Balzer streichelt ihr schweigend Haar und Wangen).

(Pause.)

Frau Balzer

(ist gleichfalls an ihn herangetreten, hat die Hand auf seine Schulter gelegt).

Gott, siehst Du, Vater, das sag' ich ja doch nicht, um zu zanken, es ist doch meine Pflicht, daß ich das sage.

Balzer (verharrt in Schweigen).

Frau Balzer.

Und siehst Du — wenn man doch nu weiß, daß All' die Sorgen mit einem Male ein Ende haben könnten —

Balzer (wird aufmerksam.)

Hm?

Frau Balzer.

Aber — Du mußt mich ruhig anhören und nicht gleich auffahren —

Balzer.

So rede doch?

Frau Balzer.

Vorhin, siehst Du, wie ich nach dem Markt gegangen, bin ich der Frau Amtsgerichtsrath begegnet — so sag' ich, Fran Amtsgerichtsrath, sag' ich, es ist ja schon so lange her — soll denn mein Mann nicht mal wieder zu Ihnen kommen und Ihnen die Uhren aufziehen und nach Ihren Uhren sehen? Und so sagt sie —

Balzer.

So sagt sie —?

Frau Balzer.

Gott; sehn' Sie, Frau Balzer, sagt sie, was die Uhren anbetrifft, das wird jetzt alles so billig in der neuen Fabrik gemacht —

Balzer.

Ah — hm —

Frau Balzer.

Und man wird so pünktlich bedient — und da haben wir uns entschlossen, seh'n Sie, und lassen jetzt Alles von der Fabrik besorgen.

Balzer (schiebt Lotte von sich).

Also laß die Frau Amtsgerichtsrath hingehen, wohin sie will! Wozu erzählst Du mir das Alles?

Frau Balzer.
Weil's doch unsere beste Kundin war.

Balzer.
Wir haben noch andere.

27

Frau Balzer.

Wen denn?

Balzer.

Wen denn — wen denn —

Frau Balzer.

Steuer-Inspektor Wenzel hat sich erst vorgestern eine neue Taschenuhr in der Fabrik gekauft.

Balzer.

Gratulire!

Frau Balzer.

Und der neue Chronometer in der Realschule, wo wir doch so sicher gedacht hatten, daß wir die Bestellung bekommen würden — in der Fabrik haben sie ihn gemacht.

Lotte.

Gott, Mutter, so hör' doch nur auf.

Frau Balzer.

Wirst Du mir den Mund verbieten? Ich spreche zu Deinem Vater, damit daß Du's weißt. Und daß ich zu ihm spreche, das ist meine Pflicht! Und die Fabrik wird alle Tage größer und kriegt alle Tage mehr Arbeiter und mehr Kunden.

Balzer.

Und macht alle Tage schlechte Uhren!

Frau Balzer.

Das mag ja sein, daß Deine besser sind —

Balzer.

Das — mag sein?

Frau Balzer.

Fahr' doch nicht gleich auf — gewiß sind Deine besser — aber die aus der Fabrik sind doch so billig.

Balzer.

Und schlecht!

Frau Balzer.

Wenn die Leute aber doch zufrieden damit sind?

Balzer.

Weil die Leute es nicht versteh'n! Und die Leute nicht wissen, daß sie — Dreck in die Tasche stecken, wenn sie sich aus der Fabrik ihre Uhren holen!

Frau Balzer.

Aber wenn die Leute damit zufrieden sind, dann — ist das doch ihre Sache?

Balzer
(schlägt mit der Faust auf den Tisch).

Siehst 'e — da hab' ich Dich! Das ist Eure Anschauung! Und das eben ist die Gemeinheit!

Frau Balzer.

Aber — was denn nur? Was denn?

Balzer.

Und das fühlst Du nicht, daß das eine Gemeinheit ist, den Leuten schlechte Waare anzuschmieren, blos weil man weiß, daß sie's nicht besser versteh'n? Und wenn's meinet= wegen noch schlechte Tische wären, oder schlechte Fensterscheiben oder so etwas — aber Uhren! schlechte Uhren! das ist nieder= trächtig! Und so was nennt sich Uhrmacher! Das ver= schimpfirt den ganzen Beruf und untersteht sich und nennt sich Uhrmacher!

Frau Balzer.

Aber wenn ihre Uhren so schlecht sind — dann wär's doch bloß in der Ordnung, daß Jemand käme und dafür sorgte, daß sie bessere machen. —

Balzer.

Das ist mal' eine Weisheit! Geh doch hin zu dem Berli= ner, der die Fabrik hat — wie heißt er? ich weiß nicht einmal —

Otto.

Weichselburger.

Balzer.

Also zu dem Weichselburger, und sag' ihm, er soll bessere Uhren arbeiten lassen.

Frau Balzer.

Ach — das meine ich doch nicht.

Balzer.

Was meinst Du denn also?

Frau Balzer.

Gott — Vater —

Balzer.

Na?

Frau Balzer.

Thu' doch nicht so; Du weißt ja ganz gut, was ich meine.

Balzer
(sieht sie langsam von unten an).

Kommst Du mir etwa wieder damit —?

Frau Balzer (ängstlich).

So — bleib' doch nur ruhig —

Balzer.

Davon, das hab' ich Dir gesagt, wird in meinem Haus nicht gesprochen —

Frau Balzer.

Davon wird nicht gesprochen — wird nicht gesprochen —

Balzer.

Nein!!

Frau Balzer.

Aber — es —

Balzer.

Und wie ich den Anton aus 'm Haus geschmissen habe,

weil er hin- und hergegangen ist zwischen hier und der Fabrik
— das weißt Du auch.

Frau Balzer.

Willst Du mich vielleicht auch aus 'm Haus schmeißen?
Wie Deinen Gesellen?

Balzer.

Das nicht; ich sag's nur, damit daß Du weißt, wie ich
von der Sache denke.

Frau Balzer
(in ausbrechender Verzweiflung).

Und es — muß doch einmal davon gesprochen werden!

Balzer (steht auf).

Ich will's nicht!

Frau Balzer.

Aber es muß — es muß und muß endlich mal sein!

Balzer
(drohend, einen Schritt auf sie zu tretend).

Und ich sage Dir —

Lotte
(fliegt dem Vater mit einem Schrei an die Brust).

Vater!!

Balzer
(streichelt ihr das Haar).

Sei stille, mein Kind — das brauchst Du von Deinem
Vater nicht zu denken, daß er Deiner Mutter was zu Leide
thun wird.

Frau Balzer (fassungslos, in Thränen).

Thu's nur — ich halte still! Schlag' mich todt, dann bin
ich die Noth und die Sorge auf einmal los, und es ist besser,
als langsam verhungern!

Balzer.

Ver — hungern —?

Frau Balzer.

Ja, das hab' ich gesagt, und was ich gesagt habe, das ist
die Wahrheit! Verhungern bei lebendigem Leibe, das werden
wir, wenn Du Dich nicht endlich entschließt und das annimmst,
was der Berliner Herr Dir schon zehnmal angeboten hat —

Balzer.

Das — sagst Du mir und bist meine Frau?

Frau Balzer.

Weil ich Deine Frau bin, darum thu' ich's; weil Du
Frau und Kind hast, darum thu' ich's! Was ist es denn weiter
so Schlimmes, was er von Dir verlangt? Daß Du als Werkführer eintrittst in seine Fabrik — ist das ein Unglück? Ist
das eine Schande? Ist das —

Balzer.

Eintreten in seine Fabrik! Ich? Bei dem da? Wer von
uns ist länger hier am Ort? Seit fünfzig Jahren sitz' ich als
Uhrmacher hier; und vor einem Jahre hat er seine Fabrik
aufgethan!

Frau Balzer.

Und in einem Jahre hat er Dir all' Deine Kunden weggeholt und er hat das Geld und die Macht!

Balzer.

Und darum, weil er das Geld hat, soll ich kleinbeigeben
vor so Einem? Darum soll ich aufhören, das zu sein,
was ich fünfzig Jahre lang gewesen bin? Ein Uhrmacher?
Und das räthst Du mir? Das räthst Du mir?

Frau Balzer.

Was rathe ich Dir denn? Was sage ich denn? Wer
spricht denn davon, daß Du aufhören sollst, Uhrmacher zu
sein?

Balzer.

Das sage ich Dir!

Frau Balzer.

Das ist doch aber Unsinn! Es ist doch eine Uhren=Fabrik? Und wenn Du da Werkführer wirst —

Balzer.

Dann bin ich kein freier Mann mehr! Dann muß ich auf Kommando arbeiten! (Rennt hin und her.) Verstehst Du das denn nicht? Verstehst Du das denn nicht? Dann kann ich nicht mehr arbeiten, wie die Eingebung mich treibt! Dann bin ich aus, dann bin ich todt! Dann bin ich kein Künstler mehr!

Frau Balzer.

Künstler — wer spricht denn von Künstler?

Balzer.

Ich, und daß Ihr das nicht versteht, das eben ist der Fluch! Und von so Einem soll ich mir die Arbeit diktiren lassen! Von so Einem, der keine Ahnung hat, was eine Uhr bedeutet! Der die Uhren im Ramsch machen läßt und nicht danach fragt, ob sie gut oder schlecht sind, wenn er nur sein Geld dran verdient, sein infames Geld! Pfui Teufel! Pfui Teufel! Pfui Teufel!

Vierter Auftritt.

Käthe (steckt den Kopf zu einem der beiden Fenster herein).
Darf man 'reinkommen?

Balzer.

Wer ist denn das?

Frau Balzer.

Ist ja dem Anton Grottke seine Schwester. (Käthe verschwindet vom Fenster.)

Balzer.

Die Käthe! Was will denn die?

3

Lotte.

Ach siehst Du, Vater, weil der Anton doch keine Stelle jetzt hat und es den Beiden nu so schlecht geht, da haben wir der Käthe gesagt, sie soll alle Tage herkommen und sich ein bischen Essen holen für sich und ihren Bruder. Nicht, dagegen hast Du doch nichts?

Balzer.

Was soll ich denn dagegen haben? (Ruft.) Na so komm' doch 'rein.

Fünfter Auftritt.

Käthe (tritt durch die Thür im Hintergrunde ein. Sie ist ärmlich aber mit einer gewissen Koketterie gekleidet, trägt ein neues Umschlagetuch um die Schultern und ein Blumensträußchen vor der Brust; Balzer hat sich wieder an seinen Arbeitstisch gesetzt und beachtet sie nicht weiter).

Käthe.

Bin so frei. (Knizt.) Mor'jen Meister Balzer, Mor'jen Frau Balzer. (Knizt kokett gegen Otto.) Herr Mühlich! Wie befinden Sie sich?

Otto
(richtet das Haupt auf, und lächelt flüchtig).

Danke für gütige Nachfrage!

Frau Balzer
(hat sich wieder auf das Sopha gesetzt).

Du kommst ja heut früher als sonst? Lotte, sieh doch mal nach, in der Küche; von den Backpflaumen von gestern muß noch was übrig sein.

Lotte
(die wieder auf ihrem Stuhl gesessen hat, erhebt sich, geht an die Thür rechts).

Käthe.

Bemüh' Dich man nicht, Lotte; darum ist es nicht, daß ich komme.

Lotte
(hält die Thürklinke in der Hand, sieht sie überrascht an).

Was denn sonst?

Erster Akt.

Käthe.

Ich wollte nur sagen, Frau Balzer, daß wir uns schön bedanken, der Bruder und ich — aber wir brauchen nun das Essenholen nicht mehr.

Lotte (läßt langsam die Thürklinke fahren).

So —?

Käthe.

Jetzt kochen wir uns wieder alleine.

Lotte.

Dann hat Dein Bruder wohl eine andere Stelle gekriegt?

Käthe.

Aber was für eine —

Frau Balzer.

Wo denn?

Käthe.

In der —

Lotte
(legt hastig den Finger an den Mund, deutet mit den Augen auf den Vater).

Pst!

Käthe.

Was denn? (Lacht kurz auf.) Ach so —

Frau Balzer.

Na, wo denn also?

Lotte (mit unterdrücktem Laute).

Mutter —

Käthe
(beugt sich zu Frau Balzer, flüstert halblaut).

In der Fabrike.

Balzer (ohne aufzusehen).

Wo?

Frau Balzer (seufzend).

Na — wo —? Natürlich in der Fabrik.

Käthe (halb ängstlich, halb boshaft).

Aber Sie müssen nicht böse sein, Meister Balzer.

Balzer
(ohne sich umzusehen, zuckt die Achseln).

Euch böse? Wundert mich nur, daß es erst jetzt ge=
schieht? Ich habe gedacht, er wäre gleich von hier aus —
'rübergelaufen in die Fabrik.

Käthe.

Anfangs haben sie ihn gar nicht annehmen wollen, weil
sie schon so viel Arbeiter hatten; aber nachher da ist der
Herr aus Berlin selber gekommen, und wie der gehört hat,
daß er bei Ihnen gelernt hat, da hat er ihn gleich genommen.

Frau Balzer.

Weil er bei meinem Mann —?

Käthe.

Ohne weiteres. Anton ist selbst dabei gewesen, wie der
Herr Weichselburger mit dem Werkführer gesprochen hat.

Lotte.

Und da hat er von Vater gesprochen?

Käthe.

Jawoll.

Lotte.

Was denn? Was denn?

Käthe.

Wenn er bei Balzer gelernt hat — Sie müssen's nicht
übel nehmen, Meister Balzer — so hat er gesagt — dann
nehm' ich ihn unbesehen; dann ist er gut.

Frau Balzer.

Siehst Du, Vater? Siehst Du?

Balzer.

Was soll ich sehen?

Frau Balzer.

Was der Berliner Herr von Dir für eine Meinung
hat —

36

Balzer.

War auch gerade nöthig, daß der erst kommen und mir sagen mußte, daß ich was von meinem Handwerk verstehe.

Käthe.

Aber wir müssen Ihnen wirklich recht dankbar sein, Meister Balzer.

Balzer (springt auf.)

Deinen Dank behalt für Dich.

Käthe.

Gott — es —

Balzer (geht auf und ab).

Den brauch' ich nicht! will ich nicht!

Käthe.

Es, — ist doch nur — weil der Anton doch nu gleich so'ne schöne Stelle gekriegt hat! Täglich vier Mark.

Otto.

Wieviel?

Käthe.

Vier Mark, und später kriegt er noch mehr. Andere bekommen jetzt schon fünf und darüber.

Frau Balzer.

Fünf Mark? Solche Löhne werden in der Fabrik gezahlt?

Käthe.

Jaa.

Frau Balzer.

Hörst Du denn das, Vater? Hörst Du denn das?

Balzer.

Wie soll ich's denn nicht hören? Sie spricht ja laut genug!

Käthe.

Denn was die Fabrik ist, sagt der Anton, die macht jetzt

37

riesige Geschäfte. Nächstens werden sie ein Unternehmen daraus machen.

Balzer.

Was werden sie daraus machen?

Käthe.

Ich versteh's ja nicht so — mit Aktien.

Balzer.

Ist ja nett! Können sie sich Aktienuhren kaufen, die Leute!

Käthe.

Und der Herr Weichselburger hat gesagt —

Lotte.
(erhebt sich rasch, tritt an die Thür rechts, fällt Käthe in's Wort).

Du, Käthe, ich hab' Dir was zu sagen, komm mal mit.

Balzer.

Also der Herr Weichselburger hat gesagt? —

Lotte.
(geht zu Käthe, faßt sie an der Hand, um sie fort zu ziehen).

So komm doch —

Käthe (zu Lotte).

Was hast Du mir denn zu sagen?

Balzer.

Laß sie doch erzählen, was er gesagt hat, der Herr Weichselburger.

Lotte.

Aber Vater — hör' doch nicht darauf hin; was weiß denn die?

Käthe.

Na — so viel wie Du, doch alle Tage noch. (Lotte und Käthe sehen sich schweigend mit einem bösen Blick an.)

Balzer.

Also der Herr Weichselburger hat gesagt?

Käthe (auf Lotte blickend).

Er hat gesagt, daß es dahin kommen müßte, daß Niemand mehr wo anders eine Uhr kaufen darf als in der Fabrik —

Balzer.

Hat er gesagt.

Käthe.

Dahin wird er es bringen.

Balzer.

Dahin wird er's bringen.

Käthe.

Und —

Lotte
(packt Käthe mit leidenschaftlichem Griff am Arme, flüsternd).

Bist still jetzt?

Käthe (macht sich los, reibt sich den Arm).

Du — kneifst ja? — Und keine Konkurrenz dürfte nicht mehr sein.

Balzer.

Will er sie verbieten?

Käthe.

Verbieten? Ich weiß nicht — todt machen wollte er sie —

Balzer.

Todt machen —

Käthe.

Hat er gesagt.

Balzer (tritt vor die Pendeluhr, spricht zu ihr).

Hast Du gehört, Alte?

Frau Balzer.

Ach ja, ich hab's gehört.

39

Balzer.

Nu denkt die, ich rede zu ihr — mit der hier habe ich's, die da oben hängt und so thut, als ginge die ganze Geschichte sie nichts an. Hast Du nicht gehört, was er gesagt hat, der Weichselburger? Daß er Dich todt machen will?

Käthe (bricht in schallendes Lachen aus).

Gott aber ne — Meister Balzer?

Balzer
(wirft den Kopf zu ihr herum, sieht sie mit furchtbaren Augen an).

Käthe.

Es sieht sich doch zu komisch an.

Balzer.

Was?

Käthe.

Wenn man Sie so mit einer Uhr sprechen sieht, als wenn's ein vernünftiges Wesen wäre.

Balzer (tritt dicht an sie heran).

Das ist also kein vernünftiges Wesen? Was?

Käthe (verblüfft).

Na — aber —

Balzer.

Ich will Dir was sagen, gieb Dir Mühe, daß Du's begreifst: die Uhr ist klüger als Du! klüger als Dein Herr Weichselburger und als Ihr alle zusammen! Die Uhr, die da an der Wand hängt, hat ein Gesetz in ihrem Leib und das habt Ihr nicht! Kein Gesetz mehr, sondern nur einen Durst nach Geld und einen Hunger nach Gewinn! Die Uhr geht richtig, aber die Welt geht falsch! Die große Walze ist aus dem Gang. Und das kommt daher, weil Ihr Euch dran gehängt habt, mit Euren steinernen Herzen und eisernen Händen, darum sind die Gewichte zu schwer geworden, und wenn zu viel Gewichte an der Walze hängen, haspelt sie sich ab. Ist das richtig, Otto?

Otto.

Freilich ist das richtig.

Balzer.

Früher da gab es ein Hemmrad — aber dem haben sie die Zähne ausgebrochen, darum hält es nicht mehr. Früher arbeitete man sein Werk aus Liebe zum Werk — jetzt macht man's zum Gewinn! Da gab es ein Gewissen, und Redlich=keit und Genügsamkeit — jetzt giebt es nur noch eins: haben! verdienen! und immer mehr haben! Die große Walze geht durch! Da giebt's keine Blumen mehr, da giebt's keine Schönheit und keine Kunst mehr, — alles platt gewalzt, wie eine Tenne! Und da läuft das herum auf seinen zwei Beinen, und weil's auf zwei Beinen geht, bildet das sich ein, es wäre Mensch! Das ist nicht wahr, denn ein Mensch, das ist etwas, wo eine Seele drin steckt; wo ist denn Eure Seele? Wenn der Nebenmensch Euch in den Weg kommt, macht Ihr ihn todt und freßt ihn auf! Runter mit Euch auf alle Viere; Ihr seid Wölfe!

(Die Anwesenden sind schweigend, mit erschrecktem Gesichtsausdruck diesem Ausbruche gefolgt.)

Lotte (steht auf, tritt leichenblaß vor Balzer).

Vater — —

Balzer (blickt sie stumm an).

Lotte.

Das — kann ich mir aber doch nicht denken, daß dem großen Uhrmacher seine Uhr so leicht soll aus 'm Gang ge=bracht werden können.

Balzer.

Wer — ist das, der große Uhrmacher?

Lotte.

Wer? Der die große Walze gemacht hat. (Sie schmiegt sich an ihn.) Da oben, Vater — der liebe Gott?

Balzer (mit halblautem Flüstern).

Mädchen — wenn ich's bis heute nicht gewußt hätte,

41

dann wüßt' ich's jetzt: Du bist mein Kind! (Er sinkt, wie erschöpft, auf den Stuhl; Lotte kniet zwischen seinen Knie nieder.)

Balzer

(drückt die Lippen auf ihren Scheitel, spricht wie vorhin, halblaut).

Wo haſt Du das her, Mädchen? Wo haſt Du das immer her?

Lotte.

Von Dir, Vater.

Balzer.

Nein, Du haſt einen Geiſt für Dich; Du Motte, Du Lotte, Du Motte! (Sein Geſicht bleibt mit geſchloſſenen Augen auf ihrem Haupte ruhen.)

Lotte

(hebt das Haupt, ſieht ſchalkhaft lächelnd von unten zu ihm auf).

Kuckuck —!

Balzer (klopft ſie auf den Rücken).

Ja, ja.

Lotte.

Iſt Vater wieder nach Haus gekommen?

Balzer (ſteht auf).

Iſt wieder zu Haus, iſt alles wieder gut.

Lotte (ſpringt auf).

Alles wieder gut! Siehſt Du, da kommt zur Belohnung auch gleich ein Beſuch.

Sechſter Auftritt.

Frau Mühlich (einen Korb am Arm, kommt durch die Thür im Hintergrunde).

Frau Mühlich.

Mo'jen allerſeits, mo'jen, mo'jen, mo'jen.

Balzer.

Nu kuck — Mutter Mühlich. 'Tag Jungefrau.

Frau Mühlich.

Jungefrau! Hahaha! (Lehnt ſich pruſtend gegen die Thür.) Ob

42

ich's gedacht habe! Den ganzen Weg hierher hab' ich bei mir
gedacht, was wird er denn heute wieder auf der Pfanne haben,
womit er dir aufzieht, denn aufziehen muß er mir nu einmal.

Lotte (rückt ihr einen Stuhl zu).

Na ja, Frau Mühlich, dazu ist Vater nun einmal Uhr=
macher.

Frau Mühlich.

Da — zu?

Lotte.

Uhrmacher ziehen auf.

Frau Mühlich (fällt auf den Stuhl).

Uhrmacher ziehen auf! Hahahaha! Wie die Alten sungen,
so zwitschern die Jungen! Die Balzer'schen! Na ich sage
schon — die Balzer'schen!

Balzer.

Was ist denn mit den Balzer'schen?

Frau Mühlich.

Bei denen donnert's bevor daß es blitzt.

Balzer.

Wer sagt das?

Frau Mühlich.

Alle Welt sagt das. Wenn die ausfahren wollen, spannen
sie die Pferde hinten an den Wagen.

Frau Balzer (seufzt).

Also sagen die Leute, wir sind verrückt.

Frau Mühlich.

I woher — schenial sind sie; und bei scheniale Menschen
nimmt man's nicht so genau.

Balzer.

Wenn sie 'nen Spahn zuviel haben?

Frau Mühlich.

Können auch zwei sein, Herr Balzer, können auch zwei

fein. — Aber nu sag' mal, Otto, Du Duselkopp, sagst deiner Mutter jar nich gut'n Tag?

Otto
(richtet das Haupt von der Arbeit auf).

Hatte gerade noch was fertig zu machen.

Frau Mühlich.
Seh'n Sie, Herr Balzer, der reine Vater; akkurat wie sein seeliger Vater war. Wenn der was zu basteln unter die Finger hatte, denn saß der auch den lieben langen ausge= schlagenen Tag und sah nicht und hörte nich.

Balzer.
Davon eben hat der Otto das Talent her.

Otto (steht auf).
Nu bin ich soweit — (geht zur Mutter, küßt sie) na Mutter? Wie geht's denn auch?

Frau Mühlich.
Wie soll's jeh'n? Auf zwei Beine jeht's; auf zwei alte klapprige Beine.

Otto.
Klapprig? Na na.

Frau Mühlich.
Etwa nich? Was denkst denn Du?

Balzer.
Er denkt an die Geschichte, wie sich die Beine beim lieben Gott beklagt haben — kennen Sie die Geschichte?

Frau Mühlich.
Ne, wie ist denn die?

Balzer.
Da sind einmal die Beine zum lieben Gott gekommen und haben sich beklagt, daß sie soviel laufen und tragen müßten Darauf hat der liebe Gott gesagt — es waren nämlich die Beine von einer alten Frau —

Frau Mühlich.

Kinder paßt auf, das jeht auf mir!

Balzer.

Er hat gesagt, er fände ihre Beschwerde nicht gerecht, sie sollten sich mal die Zunge ansehen, die liefe, wenn's drauf ankommt, an einem Tage dreimal um die Welt und hätte sich noch nie beklagt.

Frau Mühlich.

Ob ich's gesagt habe!

Balzer.

Und was das Tragen anbelangt, da sollten sie sich wieder mal die Zunge anseh'n; die schmisse, wenn's darauf ankommt, mit Centnersteinen um sich und hätte schon ganze Häuser um= gerissen.

Frau Mühlich (schlägt sich aufs Knie).

Nu soll ich Häuser umgerissen haben!

Balzer.

Wer spricht denn von Ihnen?

Frau Mühlich

Sie oller Spermazetikus Sie! Nu thun Sie man noch so! Aber das is alles blos aus Rache, weil ich seiner Zeit meinen Mühlich jeheirathet habe, statt Ihnen.

Lotte.

Siehst'e Vater? Da kommt's 'raus.

Balzer.

Wer weiß? Am Ende bin ich noch in Sie verliebt?

Frau Mühlich.

Nicht wahr? An mir is jetzt auch noch was dran zum Verlieben? Und Sie haben sich die Stiebel an den

Freiersfüßen nachgerade auch wohl abgelaufen? Jetzt sind
andre an der Reihe, als wir zwei beiden. Hm, Otto? Junge?

Otto.

Wieso denn?

Frau Mühlich.

Wieso — so ein Duselkopp!

Käthe.

Ach Jott — seht doch blos mal die Lotte!

Lotte (fährt zu ihr herum).

Was willst Du?

Käthe.

Roth wie ein Puterhahn bist Du ja mit einem Male geworden.

Lotte.

Ich — soll —? (Zuckt die Achseln). Was verstehst denn Du?

Käthe.

Nu mein je — was streitest Du denn? Es ist ja doch
keine Schande?

Lotte (tritt auf sie zu).

Was so Eine redet, wie Du — das ist für mich — als
wenn — das sind für mich gar keine Worte!

Käthe

(drückt sich lachend hinter Otto, indem sie beide Hände auf seine Schultern legt).

Herr Mühlich, ich retirire mich hinter Sie; ich glaube
wahrhaftig, die beißt!

Otto (verlegen lachend).

Aber Lotte — sei doch nicht so wild.

Lotte (steht mit flammenden Augen vor ihm).

Und Du — läßt Dich von der — wie ein Bündel Heu
hin und her schieben? (Sie faßt ihn plötzlich an der Hand, reißt ihn von
Käthe fort). Komm doch weg!

Käthe.

Halt' ihn man fest, Lotte, daß er Dir nicht entwischt.

Otto (wie vorhin).

Die Mädchen — ich weiß wahrhaftig garnicht, was die Mädchen wollen.

Frau Mühlich.

Aus'm Mußtopp wollen sie Dir 'rausholen! Merkst Du's denn gar nich?

Lotte.

Ich will Niemanden holen! Ich will bloß nicht leiden —

Käthe.

Na, entschuldige nur, daß ich geboren bin. Ich will schon lieber geh'n.

Lotte.

Ist auch das beste.

Käthe.

Leben Sie wohl, Herr Mühlich. Haben Sie was zu be= stellen in der Fabrik?

Lotte.

Was soll er denn in der Fabrik zu bestellen haben? Was soll denn das heißen?

Käthe.

Herrgott aber ne — bist denn Du reinweg sein Vormund?

Otto.

Aber Lotte —

Lotte.

Was sollen denn die Redensarten?

Frau Balzer.

Aber Mädchen, Du bist ja wie aus'm Häuschen. Was ist denn nur los?

Frau Mühlich.

Gute Frau Balzer'n — los ist da jar nichts, wie mir scheint; da ist etwas verhalt.

47

Balzer (fährt plötzlich gegen Räthe auf).
Bift denn Du noch immer da?

Räthe (weicht zurück).
I Du mein — ich gehe ja schon.

Balzer.
Ift auch Zeit!

Frau Balzer.
Du folltest lieber Deiner Tochter den Kopf zurechtsetzen.

Balzer.
Und Du folltest nicht das Wort nehmen für — solche Gesellschaft!

Räthe.
O bitte — bitte — Gesellschaft —? Frau Balzer — ich empfehle mich — Frau Mühlich — leben Sie wohl! (Reicht ihr die Hand.) Herr Mühlich — (knixt gegen Otto.) es war mir eine Ehre —! (Geht nach dem Hintergrunde ab; gleich darauf erscheint fie draußen am Fenster und ruft herein.) Herr Mühlich — (Otto wendet den Kopf nach ihr.) Auf Wiederseh'n! Hahaha! (Sie verschwindet lachend.)

Lotte (ftürzt an das Fenster, wirft es zu).

Frau Mühlich.
Na aber Lotteken, Lotteken! Nu schicke ich gleich nach der Feuerwehr! Bei Dir brennt es ja lichterloh!

Frau Balzer.
Ich weiß gar nicht, was das für Manieren sind? Schämen folltest Du Dich.

Lotte
(zieht ihr Taschentuch, fängt an, bitterlich zu weinen).

Balzer.
Gar nicht zu schämen braucht sie sich!

Frau Balzer.
Natürlich — Du nimmst wieder ihre Partei.

Balzer.

Thu' ich auch, wenn sie recht hat; Mottechen — (er setzt sich, zieht sie an sich, setzt sie auf sein Knie). Komm her, weine nicht. (Lotte lehnt schluchzend an ihm.)

Otto.

Aber Lotte — wer hat Dir denn was gethan?

Lotte.

Und das — fragst Du noch —?

Otto.

Ich doch nicht?

Lotte

(springt vom Knie des Vaters herab, tritt auf Otto zu, legt beide Hände auf seine Schultern, sieht ihm in die Augen).

Ach Otto — Du — bist doch zu dumm!

Frau Mühlich.

Da hast Du's, Junge.

Lotte (wischt sich die Augen).

Ist aber auch wahr, und ist auch gut — sonst könnte man wirklich manchmal böse auf ihn sein.

Otto.

Wenn Jemand was Unrechtes thut, kann man auf ihn böse sein — was thue denn ich? Ich arbeite an meinen Uhren — und — und damit gut. (Er wendet sich zu seiner Arbeit zurück.)

Frau Mühlich.

Siehst Du Lotteken, dafür kann der Junge nu mal nich, das liegt ihm in der Natur. Und das is ihm prophezeit worden, wie er noch so klein war.

Lotte.

Ist ihm prophezeit worden?

Frau Mühlich.

Daß er immer mitten inne stehen wird zwischen Andern, die sich um ihn abjapsen, es hat ihm in der Karte gelegen.

Lotte.

Frau Mühlich — haben Sie ihm die Karte gelegt?

Frau Mühlich.

Ich nicht; aber es is da vor Jahren eine durch Rosengarten gekommen, so eine Art Ziehjeunerin —

Lotte.

Und die hat ihm die Karte gelegt?

Frau Mühlich.

Die hat ihm die Karte gelegt.

Lotte
(rückt einen Stuhl neben Frau Mühlich).

Das ist aber nett! So erzählen Sie doch, was hat sie denn gesagt?

Frau Mühlich.

Der Junge, hat sie gesagt, das wird einmal ein Stillvergnügter.

Lotte (reibt sich die Kniee).

Ein Stillvergnügter! Siehst'u Vater, ich hab' mir doch immer den Kopf zerbrochen, was es mit Otto eigentlich ist, und hab's nie finden können — nu hab' ich's raus, er ist ein Stillvergnügter!

Otto.

Das ist ja alles Unsinn.

Balzer.

Na laß gut sein, ein Unrecht ist das ja nicht.

Otto.

Was soll denn damit gemeint sein?

Frau Mühlich.

Das wird einmal so Einer, hat sie gesagt, der immer blos dasteht und nie selber schiebt, sondern sich immer nur schubsen und schieben läßt.

Lotte.

Dann muß er ja aber Beulen kriegen?

Frau Mühlich.

Ne ne, der kommt nicht zu Schaden dabei.

Lotte.

Hat das die Zigeunerin gesagt?

Frau Mühlich.

Sind Sie unbesorgt, hat sie zu mir gesagt, mit dem schiebt es sich immer zurecht, und den schubst es immer jrade dahin, wo daß er am besten steht.

Lotte.

Aber Otto! Dann bist Du ja der reine Schlaraffe!

Otto.

Ist ja Unsinn.

Frau Mühlich.

Na Junge, Unsinn is das nich. Denn seh'n Sie, Herr Balzer, wie Sie nu dunnemals gekommen sind und haben ihn in die Lehre bei sich genommen — kiekst'e, hab' ich bei mir gedacht, da fängt es schon an mit die Schieberei.

Balzer.

Na ja — bis jetzt ist ihm die Schieberei ja wohl ganz gut bekommen.

Frau Mühlich.

Ob sie ihm bekommen is! Es ist ja Wunders, was die Leute sich erzählen, wie geschickt daß der Junge geworden sein soll!

Otto.

Die Leute — was wissen denn die.

Frau Mühlich.

Na hab' Dir man nich; wenn Du das mit angehört hättest, wie sie heute in der Fabrik von Dir gesprochen haben —

Balzer.

Wo? In der Fabrik? Sind Sie in der Fabrik gewesen?

Frau Mühlich.

Weil ich doch 'nen Brief abzugeben hatte, von uusern Schulzen.

Balzer.

Der Schulze von Rosengarten? Was hat denn der an die Fabrik zu schreiben?

Frau Mühlich.

Wie soll ich das wissen? Aber was ich sagen wollte — wie sie also in der Fabrike gehört haben, daß ich die Mutter von dem Jungen bin — werden Sie's glauben, Herr Balzer, um mir 'rum haben sie gestanden und anjekuckt haben sie mir wie's blaue Wunder. Und getuschelt haben sie und sich Zeichen gemacht — und dann is Einer gekommen und hat gesagt, ob ich mir denn schon ein eisernes Geldspinde angeschafft hätte, hat er gesagt.

Otto.

Ein — was? Ein eisernes Geldspinde?

Frau Mühlich.

So hat er gesagt; ein eisernes Geldspinde, wo ich das Geld hinpacken könnte, das Du mir einmal verdienen wirst mit Deine Uhrmacherei.

Otto.

Na Mutter, nu hör' auf; merkst Du denn nicht, daß die sich 'nen Spaß mit Dir gemacht haben?

Frau Mühlich.

Gott, Junge, das wäre doch aber zu schön, wenn Du Deine alte Mutter mal so einen Haufen Geld zusammen ver= dienen thät'st? Brauchen könnt' ich's doch wahrhaftig.

Lotte
(ergreift die Hand der Frau Mühlich).

Frau Mühlich, nu zeigen Sie mal Ihre Hand her — nu werde ich Ihnen auch etwas prophezeih'n.

Frau Mühlich.

Nanu Lotteken?

Lotte (macht ihr die Hand hohl).

Da hier, seh'n Sie, das ist eine Kute — nicht wahr?

Frau Mühlich.

Das is 'ne Kute.

Lotte.

Und in der Kute wohnt die Frau Mühlich.

Frau Mühlich.

Ja — leider.

Lotte
(faßt ihren mittleren Finger, beugt ihn in die Mitte der Hand).

Und das hier ist der Goldfinger und der heißt Otto.

Frau Mühlich.

Ja ja.

Lotte.

Und nu schaufelt der Goldfinger Geld in die Kute, eine Mulde, und noch eine Mulde und immer so weiter.

Frau Mühlich.

Gleich muldenweise?

Lotte.

Gleich muldenweise; und nu ist die Kute voll bis an den Rand.

Frau Mühlich.

Bis an den Rand.

Lotte.

Und nu steckt die Frau Mühlich den Kopf aus der Kute und schreit: Junge hör' auf, ich ersticke ja in dem vielen Geld.

Frau Mühlich.

Hahahaha!

Lotte.
(macht ihr die Hand wieder flach, klopft ihr darauf).

Und so wird es kommen und das prophezeihe ich Ihnen.

Frau Mühlich (küßt sie).

Du Schnuteken! Und so wird's kommen?

Lotte (umarmt ſie).

So wird es kommen, denn heute erſt hat Vater geſagt: Otto Mühlich — das wird mal ein großer Uhrmacher, ſo groß! (Sie mißt in der Luft.)

Frau Mühlich (ſteht auf).

Na Kinder, das iſt ja alles die helle lichte Freude. Nu mach' ich mir auf die Beine. Wann kommt Ihr denn nu mal nach Roſengarten 'raus?

Lotte (tritt an den Kalender).

Da können Sie's ſeh'n, Frau Mühlich: zu Himmelfahrt.

Frau Mühlich.

Himmelfahrt — da iſt ja Feſt bei Schmiedikes?

Lotte.

Großes Kegelfeſt, gewiß.

Frau Mühlich.

Na? Wie denn? Herr Balzer, wollen Sie — —

Lotte.

Vater hat zum Kegeln keine Zeit. Der hat andere Dinge in Roſengarten zu beſorgen, wichtige.

Frau Mühlich.

So? Was denn?

Lotte.

Iſt ein Geheimniß; iſt ein Geheimniß; aber wenn's raus kommt, wird's ſchön!

Frau Mühlich.

Du machſt Einen ja ordentlich neugierig? Frau Balzern? Kommen Sie auch?

Frau Balzer.

Ich bleibe ſchon lieber wo ich bin.

Lotte.

Aber Mutter — warum denn?

Frau Balzer.

Mir steht der Sinn nicht nach Kegelschieberei.

Frau Mühlich.

Wo fehlt es denn?

Frau Balzer (seufzt).

Wo soll es fehlen —

Frau Mühlich.

Na Lotteken, denn bist Du die einzige Dame von den Balzerschen, denn mach Dir man doppelt fein.

Lotte.

Soll besorgt werden! (Umarmt Frau Mühlich.) Frau Mühlich! Nun wird's schön werden in Rosengarten! (Sie stürzt zu Otto, nimmt seinen Kopf zwischen beide Hände.) Herr Otto Mühlich, Herr berühmter Uhrmacher, Herr Schlaraffe, nu wird's schön werden! (Sie tritt vor den Vater, knixt.) Herr Uhrmachermeister Balzer, darf ich Sie engagiren zu einer Polka in Schmiedikes Feen=Palast in Rosengarten?

Balzer (erfaßt sie).

Du Balg! Du Fisch!

Lotte (klettert an ihm auf).

Hurrah alle Fische und alle Kinder! Frau Mühlich — was der Mann in seinem Kopf hat! Aufspielen wird er den Rosengartnern etwas! Etwas Schönes! Etwas Herrliches!

Frau Mühlich.

Was denn?

Balzer.

Aber Lotte!

Lotte.

Ich sage ja nichts! aber kennen Sie das: „Freut Euch des Lebens?"

Wilhelm
(fährt mit der Hand über die Bank).

Nu is das so jlatt — schlibbern können sie drauf.

Schmiedike.

Is recht, Willem, is jut, Willem; Minna bist Du bald
fertig mit Deine Aufhängerei von die Laternen?

Minna.

Aber es fehlen noch die Lichter?

Schmiedike.

Was denn für Lichter?

Minna.

Es gehören doch Lichter in die Laternen?

Schmiedike.

Is ja Unsinn.

Minna.

Dazu sind es doch aber Laternen?

Schmiedike.

Türkische Laternen sind das; in türkische Laternen jiebt's
keine Lichter.

Minna
(öffnet eine Laterne, die sie in der Hand hält).

Es sind doch aber Tüllen drin zu Lichtern?

Schmiedike
(nimmt ihr die Laterne ab, blickt hinein).

Willem — wat menst denn Du? Ob da Lichter reingehören?

Wilhelm
(nimmt die Laterne, blickt hinein).

Eene Tülle is drin.

Schmiedike.

Hm —

Wilhelm.

Können kann man also Lichter 'rinstecken, wenn man
will.

Schmiedike.

Na ja —

Wilhelm.

Und nu is meine Meinung die: steckt man nu ein Licht in so'n Papierding, denn brennt das Ding ab.

Schmiedike.

Das mein' ich auch.

Wilhelm.

Hinjejen — steckt man keins rin, denn bleibt das Dings eben duster.

Schmiedike.

Wenn's doch aber türkische Laternen sind?

Wilhelm.

Na ja — und wenn die Türken nu einmal Laternen haben, wo keene Lichter rinjehen, ohne daß die Dinger dabei abbrennen — na — denn is das die Türken ihre Sache und jeht niemanden anders nischt an.

Schmiedike.

Das mein' ich ja auch.

Wilhelm.

Und die Rosengartner erst recht nich.

Schmiedike.

Siehst'e Minna?

Wilhelm.

Und for die Rosengartner sind so 'ne schönen Laternen lange frisch, ock wenn keine Lichter drin sind, denn in Rosengarten is so etwas überhaupt noch jar nicht dagewesen.

Schmiedike.

Nich wahr? Fein is das.

Wilhelm.

Nobel. Und wenn wir nachher die Prätolium-Lampen an die Böme anstecken, denn is es allermeist hell jenung.

Minna.

Es kommen doch aber auch noch die aus der Stadt? Von der Fabrike?

Wilhelm.

Na ja — aber lesen und schreiben werden sie hier draußen doch nich wollen: und ob sie Käse oder Wurst auf ihre Stullen haben, das können sie auch ohne Laternen seh'n.

Schmiedike.

Also es bleibt dabei, daß keine Lichter nicht reingesteckt werden.

Minna (steigt vom Tisch).

Na, mir kanns einjal sein.

(Sie nimmt grüne Guirlanden auf, welche auf der Bank liegen, geht damit in den Hintergrund und befestigt sie am Zaungitter.)

Wilhelm

(holt einen Cigarrenstummel aus der Tasche, zündet ihn sich an.)

Die Fabrike, Herz Schmiedike, die Fabrike!

Schmiedike.

Die bringt Geld unter die Leute.

Wilhelm.

Bringt Geld unter die Leute.

Schmiedike.

Ein ganzer Kremser voll kommt heute.

Wilhelm.

Die Fabrike — das ist der Fortschritt.

Schmiedike.

Es ist ein Segen für's Land.

Wilhelm.

Haben's aber och danach — ein schauderhaftes Geld wird in die Fabrike zu Wege gebracht — hab' ick mir sagen lassen.

Schmiedike.

Und dabei machen sie die Uhren so billig.

Wilhelm.

Darum eben. — Wenn man denkt, was früher so 'ne
Uhr gekostet hat; das ganze Leben konnte man dadruf sparen,
und wenn man's denn zusammen hatte, na — denn brauchte
man merschtentheels keine Uhr nich mehr.

Schmiedike.

Ja ja.

Wilhelm.

Hinjejen jetzt — jeder dumme Junge kann sich seine Uhr
koofen. Unser Schulze hat sich auch schon eine kommen
lassen.

Schmiedike.

Aus der Fabrike?

Wilhelm.

Vor drei Tagen, ja. Und heute is Berathung im Gemeinderath von wegen eine neue Thurmuhr.

Schmiedike.

Nanu? Sollen wir eine neue Thurmuhr bekommen?

Wilhelm.

Etwa nich? Der olle Jammerkasten da oben war schon
nich mehr schön; eene ganze geschlagene Stunde sind wir
Rosengartner hinter die übrige Welt drein geblieben.

Schmiedike.

Soll die neue Thurmuhr auch in die Fabrik gemacht
werden?

Wilhelm.

Wo denn sonst? Die machen ja die Uhren so jut wie for
umsonst.

Schmiedike.

Man nur keine neuen Lasten auf die Gemeinde; wir haben
genug zu schleppen.

Wilhelm.

Heute Abend werden Sie Geld zu schleppen haben, Herr
Schmiedike; heute kommt Geld in's Haus.

Schmiedike
(hat inzwischen die beiden Cigarrenkisten geöffnet).

Man nur nich verrufen, Willem; nur nich verrufen. Das sind nu also die Ziehjarren, die Du mitgebracht hast von' Budiker aus der Stadt.

Wilhelm.

Eins davon sind die echten; da dürfen Sie das Stück nich unter zehn Pfennig losschlagen.

Schmiedike.

Welches von beiden sind denn die echten?

Wilhelm.

Lassen Sie mal seh'n — nu weiß ich das selber nich mehr.

Schmiedike.

Na nu wird's aber Tag —

Wilhelm.

Lassen Sie man — ich finde mir schon zurecht. Das hier sind die echten.

Schmiedike.

Weißt Du's gewiß?

Wilhelm.

Die sind schwärzer als die andren, seh'n Sie; was ein echter Ziehjarrn ist, der is immer schwarz.

Schmiedike.

Dann nimm Du man die Ziehjarren an Dich, Willem.

Wilhelm.

Is jut, Herr Schmiedike, aber was ick noch fragen wollte, Herr Schmiedike, wie soll's denn heut Abend bei das Tanzen mit's Tanz-Geld gehalten werden?

Schmiedike.

Na — ich denke, wie gewöhnlich? Ein jeder Herr zahlt for den Tanz seinen Nickel?

Wilhelm.

Man jo nich, Herr Schmiedike, das is heute zu billig. Das mag jut sein for die Rosengartener; die aus die Fabrike müssen mehr berappen.

Schmiedike.

Na, wieviel meinst Du denn, daß sie zahlen sollen?

Wilhelm.

Wenn ich sagen soll: nich unter fufzehn Pfennig for einmal rum.

Schmiedike.

Dann besorge Du das man, Willem.

Wilhelm.

Soll besorgt werden, Herr Schmiedike.

Minna
(kommt aus dem Hintergrunde nach vorn).

Alleweile kommen schon die ersten Gäste.

Schmiedike.

Der Kremser? Was?

Minna.

Ne, die kommen auf Schusters Rappen. (Geht ab in's Haus links.)

Wilhelm
(blickt nach rechts hinaus).

Ach so — die — na — das is man eine schwache Avant= Garde.

Schmiedike.

Wer ist es denn?

Wilhelm (kommt zurück).

Der olle Uhrmacher is es, aus die Stadt, der Balzer — na, wissen Sie, Herr Schmiedike —

Schmiedike.

Was denn?

Wilhelm (vertraulich).

An dem verdienen Sie nich viel — es is mit dem Mann
ſo — ſo — (deutet an den Kopf).

Schmiedike.

Wie denn?

Wilhelm.

Faul.

Schmiedike.

Faul mit ſeinem Geſchäft?

Wilhelm.

Dichte vor die Pleite — bei'n Budiker hab' ich's mir
ſagen laſſen — und in's Oberſtübchen ſoll er blos halb noch
richtig ſein.

Schmiedike.

Nanu? Hat doch früher aber ſo ſchöne Uhren gemacht?

Wilhelm.

Früher — hm — for's Jeweſene jiebt der Jude niſcht.
Die Fabrike, Herr Schmiedike, die Fabrike!

Schmiedike.

Gegen die kann er ſich nich halten!

Wilhelm.

Die frißt ihm auf.

Zweiter Auftritt.

Lotte (den Hut der altmodiſch garniert iſt, am Arme, einen Strauß Feldblumen
in der Hand, kommt aus dem Hintergrunde hereingelaufen, wendet ſich, auf der
Bühne angelangt, zurück, ſchwingt den Strauß).

Lotte.

Erſte! Ich bin erſte! Otto etſch! Otto etſch! (Sie wirft ſich
athemlos, lachend auf eine Bank.) Ach Gott — Kinder — bin ich ge=
laufen!

Dritter Auftritt.

Otto
(kommt hinter ihr drein).

Aber Lotte — Einen so außer Athem zu bringen! (Er nimmt den Hut ab, wischt sich mit dem Taschentuch die Stirn.)

Lotte
(rückt auf der Bank).

Setzen Sie sich her, Herr Otto Mühlich. (Otto setzt sich neben sie.) Ruhen Sie sich aus, Herr Otto Mühlich — dafür sollen Sie auch 'nen Orden bekommen —

(Sie hat ihm das Tuch abgenommen, wischt ihm die Stirn, steckt ihm eine Blume ins Knopfloch.)

(Schmiedike und Wilhelm stehen etwas zurück, an der Treppe links.)

Wilhelm (zu Schmiedike).

Nanu, sagen Sie mal, Herr Schmiedike, das sind wohl Brautleute?

Schmiedike (zu Wilhelm).

Sieht sich fast so an. (Laut, indem er vortritt.) Mo'jen, meine Herrschaften.

Lotte
(springt auf, reicht ihm die Hand).

Mo'jen auch, Herr Schmiedike! Mo'jen, Herr Willem! (Reicht Wilhelm die Hand.) Mo'jen Allesamt! (Sie breitet die Arme aus.) Mo'jen meine Herren Bäume! Und mein liebes, schönes, grünes Gras! Mo'jen, liebes Rosengarten überhaupt!

Vierter Auftritt.

Balzer
(kommt aus dem Hintergrunde).

Lotte
(fliegt ihm entgegen, umarmt ihn).

Vater! Da sind wir in Rosengarten! Nu sag', daß es nicht schön ist! Sag', daß es nicht schön ist!

Wilhelm (zu Schmiedike).

Is das eine putzige Gurke.

Balzer.

Ob das schön ist!

Lotte
(drückt ihm den Blumenstrauß ins Gesicht).

Die Blumen, Vater! Riech doch nur! Riech!

Balzer.

Als wär' es der Athem Gottes selbst.

Lotte.

Und die Masse Käferchen, Vater, die auf so einer Wiese rumkrabbeln! Das glaubt man ja gar nicht.

Balzer.

Ja ja, das kommt nu alles aus seinen Löchern 'raus und freut sich, daß es da ist. — Na, guten Morjen, Herr Schmiedike.

Schmiedike.

Tag, Herr Balzer — wie sieht's denn aus?

Balzer (setzt sich).

Danke, danke, wenn ich nach Rosengarten komme, immer gut. Ist das schön, Herr Schmiedike!

Schmiedike.

Was denn?

Balzer.

Na das hier, wo Sie wohnen.

Schmiedike.

Ach — so.

Balzer.

Wie die Saaten auf den Feldern steh'n — es ist ja eine Freude!

Schmiedike.

Na ja — macht sich ja.

Balzer.

Und was das Beste ist: sie wachsen für Menschen, die es verdienen.

Schmiedike.

Wer denn?

Balzer.

Für die Rosengartner.

Schmiedike.

Ach — so.

Balzer.

Da in der Stadt — seh'n Sie — das will alles immer nur mehr haben; hier ist man zufrieden mit dem, was man hat; hier kriegt man wieder Vertrauen zu den Menschen.

Schmiedike.

Na ja — das heißt (lacht verlegen).

Lotte.

Und die Bäume an der Chaussee, Vater, hast Du geseh'n, was die für Kirschen angesetzt haben?

Balzer.

Na ja, freilich.

Lotte (zeigt auf den Kirchthurm).

Und sieh mal, Vater, wer da 'rüberluckt? Kommt mir so bekannt vor!

Wilhelm
(der in der Richtung ihres Blicks steht).

Nanu, Mamsellken? Meinen Sie mir?

Lotte.

Vater, nu hör'; Herr Willem denkt, ich meine ihn!

Balzer.

Warum denn auch nicht? Ist ja ein guter alter Bekannter? Morjen, Herr Wilhelm.

Wilhelm.
Dienerchen, Dienerchen, Herr Balzer!

Balzer.
Aber dießmal, Herr Wilhelm, meinte meine Tochter nicht Sie, sondern den da drüben, den alten Kirchthurm.

Wilhelm.
Den Kirch–thurm — ach so — weil doch das Mamsellken sagte, daß Einer 'rüberguckte?

Lotte.
Thut er auch, Herr Willem; seh'n Sie denn nicht, was er für ein großes Auge hat?

Wilhelm.
Der Kirchthurm — hat ein Auge —?

Lotte.
Die Uhr, Herr Willem — die alte Uhr — der alte Klapperkasten.

Wilhelm.
Ach so — meinen Sie das. Aber ein Klapperkasten — das stimmt! Herr Schmiedike, was hab' ich Sie gesagt? Eine geschlagene Stunde sind wir Rosengartner hinter die übrige Welt dreinjeblieben — des is nischt!

Balzer.
Lassen Sie gut sein, Herr Wilhelm; Rosengarten ist gut, gerade so wie es ist.

Wilhelm.
Sagen Sie das nich, Herr Balzer; in Rosengarten fehlt der Fortschritt! Rosengarten is nich mitjegangen mit die Zeit! In Rosengarten — wie soll ich's sagen — fehlt der Enbompoing!

Lotte
(prustet heraus und lehnt sich an den Vater).

Schmiedike.
Na, Willem, halt' man keine Reden.

Wilhelm.

Herr Schmiedike — es is ville zu sagen in den Punkt, ville!

Lotte.

Aber Herr Willem, es wird ja nu anders werden mit der alten Thurmuhr; nächstens giebt's eine neue.

Wilhelm.

Wissen Sie das och schon, Mamsellken?

Schmiedike.

Der Willem hat mir erzählt, Herr Balzer, daß sie heute Gemeinderaths-Sitzung halten wollen wegen einer neuen Thurmuhr?

Wilhelm.

Sind schon dabei, Herr Schmiedike, sind schon mitten drin in die Berathung.

Balzer (steht auf).

Was sagen Sie, Herr Wilhelm? Sind schon dabei?

Wilhelm.

Haben Sie was dabei zu thun, Herr Balzer?

Balzer.

Na — ich denke beinah.

Lotte.

Aber Herr Willem! Vater ist ja Hauptperson dabei!

Wilhelm.

Sooo?

Balzer.

Ist nicht gestern ein Brief von mir gekommen? An den Schulzen?

Schmiedike.

Jawoll Herr Balzer; gestern Abend hab' ich's gehört, wie der Schulze davon gesprochen hat.

Balzer.

Siehst'e Lotte, das sind meine Rosengartner! Gestern

haben sie meinen Brief bekommen und heute sind sie schon
drüber her und berathen. Na — dann muß ich nur machen,
daß ich hinkomme! Wo sind sie denn? Im Schulhaus?

Wilhelm.

Im Schulhaus — jawoll.

Lotte.

Ach Vater, wenn ich doch bloß dabei sein könnte, wenn
Du's ihnen erzählst! Wenn ich's doch blos erleben könnte!
Die Freude!

Balzer.

Na, Mottechen, da gehören Mädchen nu mal nicht dazu.
Du gehst jetzt mit Otto zu seiner Mutter und sagst ihr guten
Tag, und nachher kommt Ihr wieder her, und da erzähl' ich
Dir denn, wie alles gewesen ist.

Lotte.

Aber begleiten darf ich Dich doch bis vor's Schulhaus,
Vater? Nicht?

Balzer.

Warum sollst Du mich denn nicht begleiten dürfen?

Lotte.

Otto, gehst Du immer voraus zu Deiner Mutter? dann
komm' ich nachher vom Schulhaus gleich hin?

Otto.

Ja ja, Lotte, ich gehe voraus.

Lotte
(hängt sich dem Vater in den Arm).

Hurrah, alle Fische und alle Kinder! Vater, nu komm!
Herr Willem — nu passen Sie gut auf!

Wilhelm.

Auf was denn?

Lotte.

Bis jetzt ist Rosengarten eine Stunde hinter der Zeit drein

geblieben — jetzt macht's mit einem mal einen Hopps und
ist der Zeit eine Stunde voraus.

Wilhelm.

Na sagen Sie mal —

Lotte.

Passen Sie auf, Herr Wilhelm! Passen Sie auf!

Balzer (zieht sie fort).

Na nu komm, Du Motte, nu komm.

Lotte
(umschlingt ihn, geht tänzelnd neben ihm her, trällernd).

Freut Euch des Lebens, weil noch das Lämpchen glüht!
(Balzer und Lotte gehen durch die Gitterthür im Hintergrunde ab und verschwinden
dann nach links.)

Wilhelm (sieht ihnen nach).

Was hab' ich Sie gesagt, Herr Schmiedike? Die Balzer'-
schen sind blos halb richtig in's Oberstübchen.

Otto (steht auf).

Na na, Herr Wilhelm, so etwas müssen Sie nu nicht
sagen.

Wilhelm.

Was denn sonst?

Otto.

Meister Balzer, das ist ein Uhrmacher, wie es einen
zweiten überhaupt gar nicht giebt.

Wilhelm.

Was das anbelangt, das versteh' ick nicht, da kann ick nur
sagen „non possimus". Wenn aber Jemand sagt, Rosengarten is gut, Rosengarten kann so bleiben — denn sag' ick,
der Mann is nicht mitjegangen mit die Zeit! Und dann das
Mächen! Der Kirchthurm hat Augen — Rosenjarten macht
einen Hopps — na aber sagen Sie!

Otto.

Aber Herr Wilhelm, Sie werden doch Spaß verstehn,

und die Lotte hat nu mal den Kopf voll Schnacken und Flausen, aber wer sie für dumm kauft, ich kann Ihnen nur sagen, der irrt sich.

Wilhelm.

Verdreht is sie! Komplettemang verdreht!

Otto.

Das ist nicht wahr! Und das müssen Sie nicht sagen!

Wilhelm.

So spricht doch kein vernünftiger Mensch!

Schmiedike.

Sei stille, Willem, aber nu sagen Sie mal, Herr Mühlich, was hat denn der Balzer mit der neuen Thurmuhr zu thun, daß er so dahinter her ist?

Otto.

Aber Herr Schmiedike, das ist doch sehr einfach: Meister Balzer macht ja die neue Thurmuhr selbst!

Wilhelm.

Na — nu?

Otto.

Naja!

Wilhelm.

Der macht die neue Thurmuhre? Seit wann denn?

Otto.

Seit einem Jahr arbeitet er dran.

Schmiedike.
(springt auf und geht auf und ab).

Au, Backe, mein Zahn! Au, Backe, mein Zahn!

Otto.

Was ist denn los?

Schmiedike.

Denn wird das ja eine klotzig theure Geschichte! Denn kostet das ja einen Haufen Geld!

72

Otto.

Na — was das anbetrifft —

Schmiedike.

Siehste, Willem, was hab' ich gesagt? Nu heißt es wieder
ausspucken! Und wofür denn nu eigentlich! Für eine neue
Thurmuhr! Was geht mir die neue Thurmuhr an?

Wilhelm.

Herr Schmiedike —

Schmiedike.

Du kannst reden, Du brauchst nich zu bezahlen. Aber
ich! Und blos, weil's dem Herrn Balzer einfällt, daß er sich
ein ganzes Jahr lang hinsetzt und sich eine Uhr ausdenkt wie'n
Wagenrad.

Wilhelm.

Herr Schmiedike —

Schmiedike.

Wie komm' ich denn dazu, daß ich das bezahle?

Wilhelm.

Sind Sie doch man ruhig, Herr Schmiedike. Es ist ja
Unsinn. Der olle Balzer macht ja die neue Thurmuhre jar
nich.

Otto.

So! Wissen Sie das?

Wilhelm.

Ja, junger Mann, das weiß ich.

Otto.

Na — wer macht sie denn dann?

Wilhelm (bedeutungsvoll).

Die Fabrike!

Otto (sichtlich erschrocken).

Die — Fabrik? Woher denn?

Wilhelm.

Woher? (Tippt sich mit dem Zeigefinger auf die Stirn.) Von wegen des da, was man den jesunden Menschenverstand nennt.

Otto.

Wieso denn? Wieso denn?

Wilhelm.

Das will ich Sie erklären: (zu Otto) da, wo Sie stehen, das is nu der olle Balzer — da, wo Herr Schmiedike sitzt, das is die Fabrike — und als wie icke, wir sind die Rosen=jartener. Nu kommt der Balzer von die eine Seite und die Fabrike von die andere und jeder bietet uns die neue Thurm=uhr an. Was werden nu die Rosenjartener thun? Wat soll die Uhr kosten? sagen die Rosenjartener. Da drauf da sagt nu der olle Balzer: sie kostet so und so viel — und denn aber sagt die Fabrike: meine kostet blos halb so ville. Un nu will ick ja nich behaupten, daß die Rosenjartener jrade die klügsten von's janze Menschenjeschlecht sind — aber so viel wissen sie von's Einmaleins doch noch, daß halb so viel weniger is als janz so viel; und dadrum so werden sie sagen: Herr Balzer, bauen Sie sich Ihre Thurmuhre zu Hause alleene uf — wir nehmen die von die Fabrike.

Otto.
(versinkt in Nachdenken).

Wilhelm.

Na? Is das klar?

Schmiedike.

Wie soll denn das nich klar sein?

Otto.

Aber — das wäre schlimm.

Schmiedike.

Na erlauben Sie mal; schlimm wäre es, wenn wir für nischt und wieder nischt das Doppelte bezahlen müßten!

Otto.

Ich meine — es wäre schlimm für den alten Mann. Er hat sich solche Mühe damit gegeben —

Wilhelm.

Kann alles nischt helfen.

Otto.

Und — hat sich so drauf gefreut.

Schmiedike.

Dazu, daß wir ihm sein Pläsir bezahlen, is doch unser Feld nich da.

Wilhelm (zu Otto).

Junger Mann, ich will Sie was sagen, aber Sie müssen's nich übel nehmen: Sie sind auf'n falschen Weg.

Otto.

Wie meinen Sie denn das?

Wilhelm.

Das will ich Sie erklären; seh'n Sie, das is, wie bei's Militär: wenn's da heißt: „Schützen vor", denn laufen die Füsiliere nach vorne. Versteh'n Sie?

Otto.

Was — soll denn das aber?

Wilhelm (schlägt ihm auf die Schulter).

Und Sie sind ein Füsilier.

Otto.

Ich? Bin ja noch gar nicht Soldat gewesen.

Wilhelm.

Alle jungen Männer sind sozusagen Füsiliere. Denn der Füsilier das is ein allurter Mensch, und junge Männer müssen allurt sein! Und darum müssen junge Männer mit die Zeit mitjeh'n, und müssen da sein, wo der Fortschritt is, bei die Avant-Garde, und nich dahinten, an die Queue, wo die ollen dicken Feldwebels marschiren. Und das alles thun

Sie nich, junger Mann; denn der Fortschritt, das is die
Fabrike — und in die Fabrike sind Sie nich. Und da ge=
hören Sie aber hin! Und statt dessen sitzen Sie da hinten
bei einem ollen halbverdrehten Sauertopf — und wenn Sie
so weiter sitzen, dann kommen Sie aus'n Sauertopf in'n
Mußtopf — und so töppert sich das weiter, bis daß Sie
sich Ihr ganzes Leben zertöppert haben werden.

Otto
(setzt sich, in Gedanken versinkend, schwer nieder, stützt das Haupt auf).

Schmiedike.
Dagegen ist schwer was zu sagen.

Otto.
Ach — Herr Schmiedike — das — ist alles so eine
traurige Geschichte —

Schmiedike.
Wie viel verdienen Sie denn bei Herrn Balzer?

Otto.
Wie viel ich —? Na — ich lebe ja doch bei ihm.

Wilhelm.
Herr Schmiedike fragt, wie viel daß er Ihnen bezahlt?

Otto.
Ach — das — das ist eigentlich gar nicht zwischen uns.

Schmiedike.
Nu wird es Tag!

Otto.
Aber ich habe doch bei ihm gelernt? Und — Alles
was ich kann — hab ich von ihm.

Wilhelm.
Aber jetzt haben Sie doch ausgelernt? Jetzt sind Sie
doch sein Gehülfe? Und was ein Gehülfe is, der hat doch
sein Geld zu verlangen!

76

Otto (springt auf).

Das — kann ich Ihnen alles nicht so sagen — das ist alles — mit Meister Balzer ganz anders!

Wilhelm.

Soo?

Otto.

Ja — das kann ich Ihnen so nicht beschreiben, das verstehen Sie ja doch nicht.

Wilhelm.

Eine Affenschande is das! Verstehen Sie mir?

Otto.

Ach reden Sie doch nicht so!

Wilhelm.

Mir kann's ja ejal sein, ob Sie sich das Fell über die Ohren ziehen lassen. Aber was Ihre olle Mutter zu dem allen sagt, das möchte ich blos wissen.

Otto
(der in Erregung auf= und abgegangen ist, bleibt bei diesem Worte plötzlich stehen).

Wilhelm.

Denn wenn Sie von dem satt werden, was Ihnen der olle Balzer zu essen giebt, wird denn davon die olle Frau satt?

Schmiedike.

Das ist auch wieder wahr.

Otto (wischt sich über den Kopf).

Herrgott — Herrgott —

Wilhelm.

Denn wovon lebt denn die olle Frau? Botenjänge macht sie; ich danke — mit die ollen Klapperbeene! Und wie lange wird's dauern, denn jetzt es damit nich mehr, denn is es damit Essig und sie sitzt da. Und was wird denn dann? Dann haben wir eine Arme mehr im Ort.

77

Schmiedike (schlägt auf den Tisch).

Ist richtig! Ist richtig!

Wilhelm.

Und denn kann die Jemeinde sie durchfüttern.

Schmiedike (springt auf).

Natürlich! Wozu is denn die Jemeinde sonst da, als
daß sie Jeld ausspuckt! (Zu Otto.) Na sagen Sie mal, wie
komme ich dazu, daß ich Ihre Mutter ernähren soll?

Otto.

Aber so beruhigen Sie sich doch nur.

Schmiedike.

Ich beruhige mir jar nicht! Das ist eine ganz verflucht
theuere Jeschichte! Und ich hab's satt, immer Jeld herjeben
und Jeld herjeben für nischt und wieder nischt!

Otto.

Zum Donnerwetter, was wollen Sie denn eigentlich?
Haben Sie denn schon einen Pfennig herzugeben gebraucht?

Wilhelm.

Aber es kommt und es wird! Sie fällt der Jemeinde
zur Last, das is jewiß.

Otto
(rafft den Hut auf, den er auf den Tisch gelegt hatte).

Ach — mit Ihnen ist ja gar nicht zu reden! (Er wendet sich zum
Abgange nach dem Hintergrunde. In diesem Augenblick hört man rechts hinter der
Scene Lärm von Stimmen und Schritten. Gelächter.)

Fünfter Auftritt.

Minna (kommt aus dem Hause gestürzt).

Der Kremser kommt! Der Kremser von die Fabrik kommt!
(Läuft durch den Hintergrund hinaus.)

Schmiedike (stürzt durch die Thür links).

Das Bierfaß aufgeschlagen! Feuer unter'n Kaffee-Kessel!
Dalli! Dalli! Dalli! (Kehrt zurück.) Willem, nimm die Ziehjarren

78

an Dich! Jeh' in's Haus, Willem, sich' nach die Mächens,
Willem!

Wilhelm
(nimmt die Cigarrenkisten, geht links in's Haus).

Is jut, Herr Schmiedike.

Schmiedike
(geht händereibend auf und ab).

Nu kommt Jeld in's Haus! Nu wird's sein bei Schmiedike!

Sechster Auftritt.

Arbeiter (und) Arbeiterinnen (aus der Fabrik erscheinen hinter dem Garten im
Hintergrunde. Sie sind sonntäglich gekleidet). Anton Grottke (und) Käthe (seine
Schwester sind unter den Ankommenden. Käthe ist kokett aufgeputzt). Dorfbewohner von Rosengarten (kommen aus dem Hintergrunde und mischen sich unter
die Arbeiter. Sie treten durch die Gitterthür im Hintergrunde ein und kommen
nach vorn).

(Otto, dem der Weg durch die Ankommenden versperrt worden, ist nach vorne getreten;
blickt auf Käthe und Anton.)

Otto (für sich).

Nu kommen die auch — ist mir nicht lieb.

Anton.

Mahlzeit, Herr Schmiedike!

Käthe.

Mahlzeit, Herr Schmiedike!

Schmiedike.

Mahlzeit, meine Herrschaften! Mahlzeit! Mahlzeit!
Mahlzeit!

(Allgemeine Begrüßung.)

Käthe.

Die Jirlanden am Gitter — sieh 'mal, Anton, fein!

Anton.

Haben Sie schön gemacht, Herr Schmiedike.

Schmiedike.

Heute wird's sein bei Schmiedike! Heute wird's sein.

79

Käthe (die Otto bemerkt hat).

Nu brat' mir aber Einer 'nen Storch! Anton — sieh
'mal da!

Anton.

Otto — is es denn möglich? (Geht auf ihn zu, reicht ihm die Hand.)
Na siehste, das is aber 'mal vernünftig, daß Du jekommen bist.

Otto.

Ich — hatte gar nicht gewußt, daß Ihr 'rauskommen
würdet.

Käthe.

Nu is das Unglück einmal geschehn, Herr Mühlich, da ist
nicht zu helfen.   (Sie reicht ihm kokett aber nicht ohne Anmuth die Hand.)
Giebt am Ende noch größere? Hm?

Otto (blickt sie an, schmunzelt flüchtig).

I — na —

Anton.

Aber nu sag' 'mal, bist Du allein?

Otto.

Ne, Meister Balzer ist auch mitgekommen.

Anton.

So? Wo ist er denn?

Otto.

Bei dem Schulze und dem Gemeinderath; sie berathen
wegen der neuen Thurmuhr.

Anton.

Das trifft sich ja gut; dann kannst Du uns Gesellschaft
leisten, bis daß er retour kommt.

Otto.

Nein, nein, ich muß zu meiner Mutter.

Anton.

Dazu is doch Zeit; Deine Mutter läuft doch nich davon.

Otto.
Aber — ich werde erwartet.

Käthe.
Ach so — na Anton, dann jieb's man auf.

Anton.
Wieso denn?

Käthe.
Verstehst'e denn nicht? Er muß zum Appell, denn sehn Sie man, Herr Mühlich, die Lotte is jenau, die hält auf Pünktlichkeit.

Otto.
Ach — na — so steht es nun nicht.

Anton.
So lange wird sie sich doch jedulden, daß er mit seinen Kollejen ein Glas Bier trinken kann. (Schlägt Otto auf die Schulter.) Otto — wir machen ein Seidel.

Otto.
Neee — ich danke —

Anton.
Herrjott, so sei doch nicht so — ein Seidel —

Otto
(greift in unwillkürlicher Verlegenheit an seine Tasche).
Aber — ich danke wirklich —

Käthe (stößt Anton an).
Du — der hat kein Geld.

Anton (zu Käthe).
Merk' ich ja schon lange — (zu Otto.) Na komm, Otto, ich lade Dir auf ein Seidel ein, das darfst Du nich ausschlagen.

Otto (für sich).
Nicht einen Groschen Geld hat man bei sich. (Inzwischen sind Minna und andere Mädchen mit gefüllten Bierseideln aus dem Hause gekommen. Die Arbeiter, Arbeiterinnen und Dorfbewohner haben sich an den Tischen vertheilt und niedergelassen. Die Seidel werden vor sie hingestellt.)

6

Anton

(setzt sich an den Tisch links, vorn, Käthe ihm gegenüber. Anton ruft). Hier drei Seidel! Nanu komm, Otto, setz Dich her.

Käthe (rückt zur Seite).

Sonst is hier auch noch Platz, Herr Mühlich.

Otto

(zögert einen Augenblick, dann setzt er sich neben Anton).

Anton (zu Käthe).

Laß ihn doch sitzen, wo's ihm paßt.

Käthe.

Wer sagt denn was Andres? Meinetwegen kann er doch sitzen, wo daß er will. (Drei Seidel werden vor die Drei gesetzt.)

Anton.

Nu woll'n wir mal anstoßen. (Ergreift sein Glas, stößt an Otto's Glas.) Prost — College.

Otto.

Nanu? College?

Anton.

Na ja! Bist Du vielleicht kein Uhrmacher?

Otto.

Ach — so. (Stößt mit ihm an, trinkt, dann behält er das Glas in der Hand und sieht mit halbem Blick zu Käthe hinüber. Käthe thut, als bemerke sie seinen Blick nicht, nestelt eine rothe Rose, die sie am Busen trägt, los, und nimmt den Stengel in den Mund.)

Anton (zu Käthe).

Na?

Käthe (gleichgültig um sich blickend).

Hm?

Anton.

Willst denn Du nicht mit ihm anstoßen?

Käthe.

Herr Mühlich hat mich ja noch jar nich invitirt.

Otto.

Sie — sind wohl ärgerlich wegen vorhin?

Käthe.

Aergerlich? Kenn' ich überhaupt nich.

Anton.

Das is wahr! die is fidel, und wenn's an's Ersaufen jeht.

Otto
(nähert sein Glas dem ihrigen).

Na — wenn's Ihnen denn also recht ist —

Käthe
(nimmt ihr Glas, lacht ihm über den Tisch zu).

Nehmen Sie sich man in Acht.

Otto.

Wovor denn?

Käthe.

Daß es die Lotte man auch erlaubt?

Otto.

Ach — reden Sie doch nicht so! (Er stößt heftig an ihr Glas an. Käthe lacht laut und trinkt.)

Anton (zu Käthe).

Siehst'e — da hat er Dir's gezeigt.

Käthe.

Na ja — wenn die Lotte nich dabei is, dann hat er Courage.

Otto (steht halb auf).

Ach wissen Sie — wenn Sie so reden —

Käthe (sieht ihm in's Gesicht).

Was benn dann?

Otto.

Dann — setz' ich mich nu grade zu Ihnen! (Er kommt mit hastiger Bewegung um die vordere Tischecke herum, setzt sich neben Käthe.)

Anton.

Siehst'e Otte — das war recht!

Käthe (drängt sich lachend an ihn).

Dafür sollen Sie auch Ihren Lohn kriegen. (Sie nimmt sein

Glas, schiebt ihm das ihrige hin.) Nu trink' ich aus Ihrem Glase und dafür dürfen Sie aus meinem trinken.

Otto

(nimmt schmunzelnd ihr Glas auf, trinkt daraus, Käthe trinkt aus seinem, Anton steht währenddem auf und geht, sich unterhaltend, von diesem zu jenem).

Käthe
(sieht Otto dicht in die Augen).

Hat's jeschmeckt?

Otto
(unter ihrem Blicke erröthend, in halbem Tone).

Ja — sehr gut.

Käthe (beinah flüsternd).

Wissen Sie, Sie sind ein komischer Mann.

Otto.

Wie — so denn?

Käthe
(stützt den Ellbogen auf, sieht ihm kopfschüttelnd in's Gesicht).

Andere Männer die laufen den Mächens nach, und haben noch nich mal Glück damit — und Sie lassen's an sich kommen und thun jar nichts — und Ihnen laufen die Mächens nach.

Otto
(halb verlegen, halb eitel lächelnd).

Das — ist mir ganz etwas Neues.

Käthe.

Sag' ich ja. Sie sind immer im Thran — und trotzdem — ich weiß jarnich — (sie nähert ihr Gesicht dem seinigen, ergreift seine auf dem Tische ruhende Hand und drückt sie). Gott — Sie —

Otto (schwer athmend).

Aber — Fräulein Käthe —?

Käthe
(läßt den Blick eine Zeit lang stumm auf ihm ruhen).

Wissen Sie was? Ich werde Ihnen was schenken. (Sie nimmt die Rose, die sie in den Fingern hält.) Da —

Otto.

Die schöne — Rose —

Käthe
(will ihm die Rose in's Knopfloch stecken).

Da ist ja schon was drin? Haben Sie sich das 'reinje-
steckt?

Otto
(blickt an sich herab).

Ach so — nein — die hat mir vorhin —

Käthe
(reißt die Feldblumen, die Lotte ihm in's Knopfloch gesteckt hat, mit einem Griffe heraus).

So was schenkt Ihnen **die**? (Sie hält die Blumen verächtlich in
der flachen Hand.) Das is ja nich viel besser als Gras? Pfui!
Mierig! (Sie wirft die Blumen zur Erde.)

Otto.

Aber — Fräulein Käthe — das ist doch nicht recht!

Käthe
(beugt sich zu ihm hinüber, befestigt die Rose in seinem Knopfloch, halblaut).

Sei'n Sie doch stille — Sie kriegen ja was Besseres
dafür. (Nachdem sie die Rose festgesteckt hat, nimmt sie seinen Rock mit beiden
Händen an der Brust.) Gott — Mann — merken Sie's denn jar
nich — daß ich Ihnen jut bin?

Otto.

Fräulein Käthe — Sie — sehen heute — so hübsch aus,
wie ich Sie noch nie gesehen habe.

Käthe.

Gefalle ich Ihnen? Ja?

Otto.

Ja — wirklich —

Käthe
(ergreift ihr Glas).

Woll'n wir eins darauf trinken — prost!

Otto.
(stößt mit ihr an, trinkt einen Schluck).

Käthe.

Ne, ne — ordentlich. Wer nich ordentlich trinkt, meint's
nich ehrlich.

Otto (trinkt noch einmal).

Nu wird's doch genug sein!

Käthe.

Reſter im Glaſe laſſen, bringt die Gicht.

Otto (lacht).

Aber — Fräulein Käthe —

Käthe
(ſchiebt ihm das Glas an den Mund).

Austrinken!

Otto (trinkt aus).

Sie thun Einem ja ordentlich Gewalt.

Käthe.

Muß man auch mit Ihnen. Sehn Sie — ich habe auch ausjetrunken; wiſſen Sie warum?

Otto.

Na?

Käthe.

Weil ich will, daß uns das Beiden Glück bringen ſoll. — (Sie blickt ihm in's Geſicht.) Wünſchen Sie mir denn das auch?

Otto (lacht).

Na gewiß doch.

Käthe.

Ne, ne — lachen Sie mal nich; wünſchen Sie mir das wirklich?

Otto.

Ja — wirklich und gewiß.

Käthe.

Jott — ſeh'n Sie — was ich für Sie nich Alles thäte — durch's Feuer wollt' ich für Sie laufen.

Otto.

So gut ſind Sie mir?

Käthe.

Mit nackten, bloßen Füßen — ja — ſind Sie mir denn auch ein bißchen jut?

Otto (in innerem Kampfe).

Fräulein Käthe — was soll ich Ihnen darauf sagen?

Käthe.

Sie hört's ja nicht — Sie dürfen ja reden — ja?

Otto.

Wenn man Sie so ansieht — wie soll man Ihnen da nich gut sein?

Käthe
(drückt ihm die Hand).

Ach — Sie —

Anton
(kommt zu den Beiden zurück).

Na, Otto — hast'n ausgetrunken? Das ist recht. (Ruft.) Hier mal noch drei Seidel! (Setzt sich.)

Otto.

Na, na — nu ist's wirklich genug.

Käthe (leise zu Otto).

Lassen Sie doch — mein Bruder bezahlt ja Alles.

Otto.

Ich weiß aber gar nicht, wie ich mich revangiren soll.

Anton.

Das hat Zeit — weißt Du — wenn Deine Olle erst das eiserne Feld=Spinde hat.

Otto.

Ach so — ja — das habt Ihr der alten Frau in den Kopf gesetzt; sie war wie nicht recht gescheidt damit.

Anton.

Aber, was ich sagen wollte — Hast Du gehört? Der olle Balzer, hab' ich mir sagen lassen, pfeift ja auf'm letzten Loch?

Otto.

Wie denn so?

Anton.

Nächstens werden sie ihm sein Haus versubhastiren.

Otto.

Um Gotteswillen? —

Käthe.

Man ruhiges Blut — das war ja zu erwarten.

Anton.

Verdient wird doch bei Euch schon lange nichts mehr?

Otto.

Das ist freilich wahr.

Anton.

Na also — wo soll's denn zuletzt herkommen?

Otto.

Aber — wenn sie ihm das Haus versubhastiren — was wird denn dann?

Anton.

Was soll denn sein? Denn tritt er in die Fabrike ein, und Du mit ihm.

Otto.

Gott ja — das Vernünftigste wäre es ja schon.

Käthe.

Das reine Glück wär's, wenn's so käme, wie Anton sagt.

Otto.

Ja, ja — aber ich glaube partout nicht, daß er's thut.

Käthe.

Na, wenn der alte Mann keine Vernunft annimmt, dann kommen Sie alleine.

Otto
(reibt sich den Kopf).

Ja — wissen Sie — wissen Sie —

Käthe (zu Otto).

Wollen Sie denn Ihr Leben lang 'rumlaufen wie ein

begossener Pudel, und nich so viel in der Tasche haben, daß
Sie sich ein Seidel Bier leisten können? Finden Sie das
schön?

Otto.

Na — es ist auch — das ist — und so geht das auch
nicht länger!

(Inzwischen sind drei neugefüllte Seidel aufgesetzt worden.)

Anton
(ergreift sein Glas, steht auf).

Meine Damen und Herr'n — mal einen Moment Silentium,
wenn ich bitten darf. Es gilt einem Gast: Wir wollen auf
unseren Freund und Collegen Mühlich eins trinken. Prost,
Otto Mühlich!

Alle (lachend durcheinander).

Prost, Herr Mühlich! Prost, Herr College! (Einige stoßen
über den Tisch herüber mit ihm an, Andere kommen zu ihm und stoßen mit ihm
an.)

Otto
(ist ganz verwirrt aufgestanden).

Meine Damen und Herren — ich — weiß wahrhaftig
gar nicht — wie ich zu der Ehre komme.

Anton.

Ach was Ehre — merkst Du denn nich, daß Du unter
guten Freunden bist? Merkst Du's denn nich, daß das ein
anderes Leben is, wenn man mit Anderen zusammenthut, als
wenn man immer alleine sitzt und vor sich hindruckst?

Otto
(reicht ihm die Hand über den Tisch).

Anton es ist wahr — Du sprichst wirklich wie ein Freund!

Anton
(zieht ihn auf den Sitz nieder, spricht zu ihm über den Tisch).

Na jewiß — und darum dächt' ich, wär's nu endlich mal
Zeit, daß Du mit dem ollen Mann ein vernünftiges Wort
redest.

Otto.

Was — soll ich ihm denn — sagen?

Käthe.

Daß Sie weg von ihm wollen und in die Fabrike ein= treten und was verdienen!

Otto.

Herrgott — ich weiß wahrhaftig nicht — ob ich das fertig kriege.

Anton.

Du brauchst ja nicht gleich mit der Thüre in's Haus zu fallen; Du sagst ihm, daß er selbst in die Fabrike eintreten soll, und daß Ihr Beide eintreten wollt —

Otto.

— und wenn er dann nich will —

Käthe.

Dann sagen Sie ihm, daß er maschukte is.

Anton.

Und daß Du dann alleine in die Fabrike jehst.

Otto.

So läßt sich das schon hören.

Käthe.

Da — trinken Sie nochmal eins, damit Sie Courage kriegen.

Otto.

Danke — danke — (Trinkt.)

Siebenter Auftritt.

Wilhelm
(erscheint in der Thür links, ruft).

Meine Damen und Herren —

(Allgemeiner Jubel.)

Willem! Da kommt Willem! Willem!

Wilhelm.

Meine Herren Fabrikanten —

Anton.

Fabrikanten is jut!

Alle.

Willem 'ne Rede halten! Willem auf'n Tisch!

Wilhelm.

Meine Herrschaften, Reden halte ick immer erst, wenn's duster wird.

Anton.

Warum denn?

Wilhelm.

So lange es hell is, schenire ick mir.

(Allgemeines Gelächter.)

Wilhelm.

Vorläufig wollte ich nur sagen, daß die Musike gekommen is und daß es nu losjehn kann mit das Jetanze.

Alle.

Bravo! Musike! Musike!

(Einzelne Gruppen von Männern und Frauen erheben sich und treten zu einander.)

Wilhelm
(ruft in's Haus hinein).

Feuerwehr=Gallopp!

Alle.

Feuerwehr=Gallopp!

(Aus dem Innern des Hauses beginnt Musik, nur von wenigen Instrumenten ausgeführt, daher nicht zu laut.)

Käthe
(steht mit einem Ruck auf).

Herr Mühlich — ich engagire Sie zu einem Gallopp! Woll'n Sie?

Otto (erhebt sich).

Ist mir ja eine Ehre.

Wilhelm (ruft).

For einmal 'rum jeder Herr fufzehn Pfennig.

(Allgemeines Gejubel.)

Otto (für sich).

Donner—wetter —

Käthe
(die seinen Schreck bemerkt, holt rasch das Portemonnaie aus der Tasche und nimmt
eine Mark heraus, dann flüstert sie ihm zu).

Da ist eine Mark! Nu können wir tanzen, so lange es
uns beliebt! (Sie will ihm das Geld in die Hand drücken.)

Otto (sträubt sich).

Das kann ich nicht annehmen —

Käthe (dringend).

Machen Sie doch keine Geschichten! Es sieht's ja niemand
und ich sag's doch nich weiter!

Otto (stampft mit dem Fuße).

Es — ist doch wirklich —

(Ein Fabrikarbeiter nähert sich mit der Absicht Käthe zum Tanz aufzufordern).

Käthe.

Da kommt schon Einer! Wenn Sie in die Fabrike sind,
können Sie's mir ja wieder jeben.

Der Arbeiter (tritt heran).

Fräulein Grottke — darf man die Ehre haben?

Käthe (knixt gegen ihn).

Danke — bin schon engagiert.

(Der Arbeiter wendet sich ab.)

Käthe.

Na? Na?

Otto
(reißt ihr das Geld aus der Hand, umfaßt sie).

Also ist gut.

Käthe (preßt sich an ihn).

Was Sie einen zappeln lassen! Aber nu müssen Sie mit
mir tanzen, bis mir die Seele zum Leibe aussieht?

Otto (drückt sie an sich).

Ja, ja — bis wir Beide todt daliegen.

Zweiter Akt.

Käthe.

Sie — Menschenkind Sie —

(Beide gehen, untergefaßt, die Stufen links hinauf und verschwinden im Innern des Hauses. Andere Paare sind schon hineingegangen, andere gehen jetzt hinein, so daß die Bühne sich immer mehr entleert; wenige, namentlich ältere Männer, sind an den Tischen sitzen geblieben.)

Achter Auftritt.

Lotte (den Hut auf dem Kopfe, kommt haftig durch die Thür im Hintergrunde; sie geht nach vorn, indem sie die an den Tischen Sitzenden mit den Augen muſtert, ob sie nicht Otto darunter finden wird). Schmiedike (einige leere Seidel, die er von einem der Tische aufgenommen hat, in der Hand, kreuzt ihren Weg).

Schmiedike.

Na Fräulein! Nu können Sie sagen, daß es schön is bei Schmiedike? Was?

Lotte
(immer noch mit den Augen suchend).

Wo ist denn nur — der Herr Mühlich geblieben?

Schmiedike (blickt flüchtig umher).

Bei die Masse Gäste — irgendwo wird er schon sein.

Lotte.

Wo kommen denn die Alle her?

Schmiedike (im Abgehen nach dem Hause).

Aus die Fabrike doch.

Neunter Auftritt.

Frau Mühlich (kommt aus dem Hintergrunde).

Na Lotteken? Haste den Rumdreiber jefunden?

Lotte
(steht da, den Blick zur Erde gesenkt, ohne auf sie zu hören).

Frau Mühlich (stößt sie an).

Mächen — wie stehst Du denn da?

Lotte (fährt auf).

Haben Sie's denn gehört?

93

Frau Mühlich.

Was denn?

Lotte.

Die aus der Fabrik sind da.

Frau Mühlich.

Dann laß sie doch — was schadt's denn?

Lotte.

Und der Otto — ist nirgends zu finden.

Frau Mühlich.

Haste denn schon überall nachgesehn?

Zehnter Auftritt.

Schmiedike

(der inzwischen wieder aus dem Hause gekommen ist, tritt heran).

Frau Mühlich! Auch 'mal da? Is recht. Na — wie wär's denn mit ein Täßchen Kaffee?

Frau Mühlich.

Na was meinst Du, Lotteken? Das kann uns Beiden nich schaden?

Schmiedike (ruft).

Minna! Hier zwei Tassen Kaffee! (Wendet sich.)

Lotte.

Herr Schmiedike —

Schmiedike.

Hm?

Lotte.

Wird da drinnen getanzt?

Schmiedike.

Na ob! Möchten Sie sich's nich auch 'mal ein bißchen probiren? (Geht ab.)

Frau Mühlich.

Siehst'e und wir stehen hier; gewiß ist der Bengel da drin und hopst sich eins. (Sie will nach dem Hause zu gehen.)

Lotte (hält sie plötzlich zurück).

Frau Mühlich — gehn Sie nicht!

Frau Mühlich.

Aber Mädchen — was is Dir denn?

Lotte (tief aufathmend).

Ich weiß nicht.

Frau Mühlich.

Na — dann woll'n wir uns setzen. (Sie geht an den Tisch rechts, vorn.) Wo willst Du sitzen?

Lotte
(tritt zögernd heran, dann setzt sie sich mit rascher Bewegung so, daß sie dem Tanzsaale den Rücken dreht).

Frau Mühlich.

Also dahin — is jut. (Setzt sich ihr gegenüber.)

Elfter Auftritt.

Minna
(zwei Kaffeetassen auf einem Brett tragend, tritt heran, setzt die Tassen mit Zucker und Milch auf).

Frau Mühlich.

Na Minna — heut jeht's aber hoch her bei Euch.

Minna.

Die Fabrikanten, Frau Mühlich, die haben's danach.

Frau Mühlich.

Es scheint so.

Minna (kichernd).

Sie, Frau Mühlich, haben Sie schon die bunten Laternen da gesehn?

Frau Mühlich.

Ne wahrhaftig —

Minna.

Sind aber keine Lichter nicht drin — sind türkische.

Frau Mühlich.

Laternen ohne Lichter? Nu sag' einmal?

Minna.

Nicht wahr? — Hat's so dicke und knausert mit so'n paar ollen Licht=stumpen! Na — so Einer — ich sage — (wendet sich).

Frau Mühlich.

Du, Minna, hast denn Du nich jesehn, wo mein Junge is?

Minna.

Wird wohl da drin sein mang die anderen Fabrikanten; die tanzen ja, als wenn sie's bezahlt kriegten. (Geht ab.)

Frau Mühlich
(schüttet Zucker in beide Tassen und gießt Milch ein).

Siehst'e, was hab' ich gesagt? So'n Bengel! (Sie gießt sich den Kaffee in die Untertasse, trinkt.) Na, so trink' doch!

Lotte
(fährt mit dem Löffel in die Tasse, rührt mechanisch).

Ich trinke schon —

Frau Mühlich
(im Kaffeeschlürfen fortfahrend).

Wenn ich blos wüßte, wer sich den Jungen gekapert hat, denn daß der sich Eine holen sollte, das sieht ihm nich ähnlich. Aber Du läßt ja Deinen Kaffee kalt werden.

Lotte (rührt wieder).

Nein — nein —

Frau Mühlich.

Möcht'st Du denn nich 'mal zusehn, mit wem er tanzt?

Lotte.

Nein! (Sie stützt beide Ellbogen auf den Tisch, das Gesicht auf beide Hände.)

Frau Mühlich.

Aber nu sag' mir nur, was Du eigentlich hast?

Lotte.

Mir ist so schlecht.

Frau Mühlich.

Schlecht is Dir?

Lotte.

Ich — kann's nicht so sagen — ich möchte am liebsten von hier fort.

Frau Mühlich.

Aber Du sollst doch auf Deinen Vater hier warten, hast Du mir gesagt?

Lotte.

Ja ja — darum geht's ja auch nicht — ach, Du mein Gott —

Frau Mühlich.

Weißt Du was? Nu bleib' Du 'mal hier sitzen, und unterdeß werde ich geh'n und den Jungen herholen. (Sie erhebt sich.)

Lotte (hält sie zurück).

Nein — nicht!

Frau Mühlich.

Auch wieder nich?

Lotte.

Denn wenn er nicht von selbst kommt — zu was soll's denn dann?

Frau Mühlich
(sitzt ihr rathlos gegenüber).

Lotte.

Und ich hatte mich so gefreut auf heute — so gefreut.

Zwölfter Auftritt.

Brieskow, Lange, Domhoff, Köhler (kommen durch die Mitte im Hintergrunde. Sie sehen verdrießlich erregt, wie Menschen aus, die von einer fruchtlosen Berathung kommen, gehen an den Tisch links vorn und setzen sich. Nachdem sie sich gesetzt haben, werden Bier-Seidel vor sie hingestellt; zunächst schweigen sie).

Brieskow (blickt umher).

Hier — scheint es — ist er nicht.

Domhoff.

Ne — hier is er nicht.

Brieskow.

Nu möcht' ich doch blos wiſſen, wo der Mann hin=
gekommen is.

Lange.

Kann uns ja janz ejal ſein.

Brieskow.

Aber — ich hätte jar nich gedacht, daß er ſich die Ge=
ſchichte ſo zu Herzen nehmen würde.

Domhoff.

Wie er die Thür zugeſchmiſſen hat — hinter ſich — ich
denke doch gleich, das janze Haus geht aus den Angeln.

Köhler.

Und geſchwißt hat er —

Lange.

Das hab' ich auch; es war warm.

Köhler.

Waſſertropfen wie Gurkenkerne hat er vor der Stirn ge=
habt.

(Pauſe.)

Brieskow.

Aber nu ſagt mal blos, ob ich ihm was andres hätte
ſagen können, als ich geſagt habe?

Lange.

Soll denn die Geſchichte noch mal von vorne anfangen?
Iſt doch abgemacht — Alles.

Brieskow.

Ja — aber — es geht Einem doch nah.

Lange.

Unſinn is die ganze Geſchichte!

Köhler.

Das is nu zuviel geſagt.

Lange.

Unsinn is es!

Domhoff.

Na ja — das hängt alles von dem Standpunkt ab.

Köhler.

Und ich von meinem Standpunkt sage: die Idee war jut.

Brieskow.

Die — Idee?

Köhler.

Mit dem Kaiser Wilhelm und dem Bismarck und Moltke.

Lotte (richtet das Haupt auf).

Domhoff.

Das is von Ihrem Standpunkt aus janz richtig.

Köhler.

Und denn das mit den Monaten — Wo der Mann die Gedanken her hat, das möcht' ich wissen.

Lange.

Alles Kinkerlitzchen!

Domhoff.

Von Ihrem Standpunkt aus is das nu wieder richtig.

Lotte (flüstert über den Tisch).

Frau Mühlich? Ich glaube, die sprechen von Vatern seiner Thurmuhr?

Frau Mühlich (ebenso).

Es is der Schulze mit die Verordneten.

Lange.

Das alles is nur für Kinder.

Köhler.

Das is nu wieder zuviel gesagt.

Lange.

Nich zuviel gesagt; denn, wenn ich nach'n Kalender seh'n

99   7*

will, soll ich da erst 'rausgeh'n und nach die Thurmuhr
lucken? Na — hab' ich zu Hause bequemer; da hängt einer
an der Wand.

Brieskow.
Nöthig ist es nicht — das ist gewiß.

Domhoff.
Nöthig is es nicht.

Lange.
Und was nich nöthig is — das is für nischt.

Lotte (wie vorhin).
Können Sie versteh'n, was sie sagen?

Frau Mühlich.
Nich so recht — es is zu weit ab.

Köhler.
Mein Gott — es giebt aber doch 'ne Menge Dinge, die
nich grade nöthig sind.

Lange.
Für die Reichen in der Stadt — meint'swegen — für
uns kommt es drauf an, daß wir was praktisches bekommen.

Brieskow.
Das ist meine Meinung auch.

Domhoff.
Das is der praktische Standpunkt.

Lange.
Das praktische das is das dauerhafte.

Köhler.
Dauerhaft sind die Uhren allermeist genug gewesen, die
der alte Mann gemacht hat.

Lange.
Aber theuer.

Köhler.
Na — nu —

Brieskow.

Das können Sie doch aber nicht streiten, Köhler, daß man in der Fabrik die Uhren für's halbe Geld bekommt?

Domhoff.

Das is die Preisfrage — und das is wichtig!

Brieskow.

Und schlecht arbeiten thun sie in der Fabrik doch auch nicht.

Lange.

Erst neulich haben sie für die Realschule eine große neue Uhr bestellt gekriegt.

Lotte (wie vorhin).

Haben Sie nicht gehört? Hat da nicht Einer von der Fabrik gesprochen?

Frau Mühlich.

Ich hab' Dir's ja gesagt, ich kann's von hier nich recht hören.

Köhler.

Na ja — die Fabrik, die is nu einmal in der Mode.

Lange.

Also machen wir die Mode mit.

Domhoff.

Das is der moderne Standpunkt der hat sein Recht.

Köhler.

Er hat ja aber noch gar nicht gesagt, wieviel daß seine Uhr kosten soll?

Brieskow.

Schenken wird er sie uns doch nicht?

Köhler.

Das Glockenspiel, von dem er gesagt hat, daß er's uns über's Jahr machen wollte, das hat er gesagt, wollte er ganz umsonst machen.

Lange.

Ein Glockenspiel — nu thun Sie mir den Gefallen und sagen Sie mir, was wir mit einem Glockenspiel sollen.

Köhler.

Das is Jeschmackssache.

Domhoff.

Is richtig; die Jeschmäcker sind verschieden.

Köhler.

Und mein Jeschmack is, daß ein Glockenspiel sehr etwas schönes is.

Brieskow.

Geb' ich ja zu — aber —

Köhler.

Und wenn man's noch dazu umsonst haben soll —

Lange.

Das sind Redensarten.

Köhler.

Sie haben's doch selber gehört, das er's gesagt hat.

Lange.

Das kennt man; wenn wir das nachher auf'm Halse haben, denn kommt die Rechnung hinterdrein.

Köhler.

Das sieht dem Mann nich ähnlich.

Lange.

Kennen Sie den Mann so genau?

Köhler.

Besser vielleicht wie Sie.

Domhoff.

Gegen den Mann is nichts zu sagen.

Köhler.

Es kann Einem leid thun um den Mann.

Brieskow.

Aber was können wir denn helfen? Sind wir schuld dran, daß die Fabrike da ist? Haben wir sie gebaut?

Köhler.

Wer sagt denn das?

Lange.

Sollen wir die Fabrik vielleicht zumachen, weil sie ihm nicht paßt? Sollen wir die Konkurrenz abschaffen?

Köhler.

Wer redt' denn davon?

Brieskow.

Die Konkurrenz ist doch nu mal da.

Lange.

Und das is auch sehr gut; wir haben den blanken baaren Profit davon.

Brieskow.

Ist auch wahr — es wär' doch geradezu ein Unrecht an der Jemeinde, wenn wir die billige Gelegenheit nich mitnehmen wollten?

Domhoff.

Die Konkurrenz — das is wie das Feuer; den Einen frißt's auf, dem Andren kocht's das Essen.

Köhler.

Das is ja Alles janz richtig — das weiß ich ja —

Lange.

Wenn Sie's wissen, warum streiten Sie dann. —

Brieskow.

Und nu will ich mal annehmen, seh'n Sie, er macht uns das Alles wirklich umsonst, und wir nehmen es an — aber nu sagen Sie mir, was hat er denn davon? Was bringt ihm denn das? Was nutzt ihm denn das?

Lange.

Natürlich, das sage ich ja; ist alles Unsinn.

Köhler.

Warum daß er das thut —

Brieskow.

Na ja — daß er uns mit einemmal so'n Geschenk machen will?

Domhoff.

Das is richtig; für umsonst ist der Tod.

Köhler.

Wie soll ich denn das wissen? Das is ja seine Sache.

Lange.

Na wissen Sie, wenn Sie's nich wissen, denn will ich es Ihnen erklären, die Jeschichte is ja ganz einfach. (Er beugt sich über den Tisch, spricht vertraulich.) Wissen Sie denn nich, was man von dem Mann sich erzählt?

Domhoff.

Was denn? Was denn?

Lange. (deutet an den Kopf).

Da sitzt es — er hat im Koppe eine Schraube zuviel.

Köhler.

Dummes Zeug!

Lange.

Oder eine zu wenig — es kommt auf's selbe 'raus.

Domhoff.

Das is richtig; wenn die Maschine nich klappt, is es ejal, woher daß sie nich klappt.

Köhler.

Das is ja nur zum Lachen; Sie haben's doch selber vorhin gehört, wie daß der Mann gesprochen hat.

Lange.

Wie hat er denn gesprochen?

Köhler.

Aber — wie'n Professor!

Lange.

Darum hab' ich's auch nich verstanden.

Köhler.

Dann is das schlimm genug für Sie.

Lange.

Für mich? So? Haben Sie denn das verstanden, was er da geredt' hat von — von Kunstwerk — und Erbauung — und was weiß ich?

Köhler.

Wenn ich zwar auch nich sagen will, daß ich's alles ver=
standen habe — soviel hab' ich immer gemerkt, daß er sich was dabei gedacht hat.

Domhoff.

Ja — aber wissen Sie, Köhler, das soll doch schon dage=
wesen sein, daß auch Professoren manchmal Unsinn geredet haben.

Lange.

Und sowas is es auch gewesen, Unsinn!

Köhler.

Gar kein Unsinn wär's mit der Uhr gewesen, sondern etwas, wozu sie von weit hergekommen wären, um sich das anzuseh'n.

Lange.

Na ja, nich war? Damit sie uns in Rosengarten 'rumge=
laufen wären? Und uns die Wege und Gärten mit ihren Wurstpellen und Eierschalen gepflastert hätten? Ich danke davor.

Köhler.

Und jedenfalls hat er nich geredt' wie ein Verrückter.

Lange.

Na, wenn er nich verrückt ist, denn will ich Ihnen man sagen, denn is er am Ende noch viel etwas Schlimmeres.

Köhler.

Was denn zum Beispiel?

Lange.

Denn wenn jemand so auf einmal so für nischt und wieder nischt mit solche Anerbieten kommt, denn — stimmt da irgend etwas nich, denn is bei der Geschichte irgend etwas nich in Ordnung — und wo etwas nich in Ordnung is, da is etwas faul.

Köhler.

Na wissen Sie, mit solche Worte haben Sie nu bei mir kein Glück; aber auch gar keins.

Lange (brummt für sich).

Wenn ich mir mein Glück abholen will, werd' ich's bei Ihnen nich suchen.

Brieskow.

Da hat Köhler aber Recht; ehrlich ist der Mann.

Domhoff.

Ehrlich is er.

Lange.

Ehrlich hin, ehrlich her — er hat mit seiner Uhr und seinem Glockenspiel Reklame machen gewollt: in die Zeitungen sollte das kommen.

Lotte (springt jählings auf).

Das ist nicht wahr!

Frau Mühlich (über den Tisch gebeugt).

Mächen — bist Du denn nich bei Trost?!

Lotte.

Das ist nicht wahr, was der Mann da gesagt hat! Das ist nicht wahr!

(Brieskow und die Anderen haben sich, ganz sprachlos vor Staunen, zu ihr gewandt.)

Frau Mühlich (wie vorhin).

Mächen — Lotte — es is ja der Schulze und die Verordneten!

Lotte.

Ist mir egal! Wenn ein König und ein Kaiser kommt und spricht so schändliche Dinge von meinem Vater, dann sag' ich ihm ins Gesicht, das ist nicht wahr! Das — das ist gelogen!

Köhler (zu den Anderen).

Es is seine Tochter.

Brieskow (zu Köhler).

Ja, ja — es ist seine Tochter.

Lange (zu Lotte).

Na nu sagen Sie mal — soll das alles etwa auf mir geh'n?

Lotte.

Jawohl, das geht auf Sie! Und Sie sind ein — ein Verläumder!

Lange (fährt auf).

Da soll doch ein Dunnerwetter —

Köhler (tritt dazwischen).

Nu man keine Geschichten — (zu Lotte) beruhigen Sie sich nur, Mamsellchen, der Mann hat das nich so böse gemeint.

Lotte.

Dann hätt' er's auch nicht sagen sollen! Denn so etwas von meinem Vater zu sagen — das — ist — schändlich — schändlich! (Sie bricht in Thränen aus.)

(Alle im Garten Anwesenden sind aufmerksam geworden; aus dem Tanzsaale erscheinen Gruppen, die dem Wortwechsel überrascht zuhören.)

Dreizehnter Auftritt.

Schmiedike (kommt gelaufen).

Um Jotteswillen? Wo brennt es denn? Was is denn los?

Köhler (zu Schmiedike).

Lassen Sie man jut sein; es brennt jar nich, hier is blos Einer mal abjemuckt worden, dem's schon lange nischt geschadet hätte.

Lange.

Na wissen Sie, Köhler, daß es nur Ihnen nich mal gründlich in die Bude regnet!

Köhler.

Denn können Sie sich drunterstellen, Lange; ein alter Filz ist jut zum Austrocknen.

Lange.

Da soll ein Dunnerwetter —

Brieskow.

Aber meine Herren — das geht doch nicht, das geht doch nicht. (Leise zu Köhler.) Hier — vor allen Menschen —

Köhler.

Denn sagen Sie ihm doch, daß er nach Hause geh'n soll.

Lange.

Geh'n Sie doch nach Hause!

Domhoff.

Wir woll'n man lieber alle nach Hause geh'n.

Brieskow.

Das ist auch das beste — Lange — kommen Sie mit. (Er faßt Lange unter den Arm.)

Domhoff (faßt Köhler unter).

Köhler, wir geh'n hier lang.

Lange
(mit Brieskow nach dem Hintergrunde abgehend).

Aber wir haben unser letztes Wort noch nich gesprochen.

Köhler
(geht mit Domhoff nach links ab).

Das glaub' ich; eine Schnauze, wie die Ihrige, die stirbt überhaupt nich aus.

Dierzehnter Auftritt.

Otto. Käthe (erscheinen in der Thür des Tanzsaales; ihre Wangen sind vom Tanze geröthet).

Schmiedike (zu Lotte).

Aber nu sagen Sie mal, was das heißen soll, daß Sie mir die Gäste aus mein Lokal wegbeißen?

Lotte
(trocknet sich, ohne ihn zu beachten, mit dem Taschentuche die Augen).

Frau Mühlich (tritt zu Schmiedike).

Gott — Herr Schmiedike — sind Sie man jut — (leise) wissen Sie — das liegt bei den Balzerschen so in der Art.

Schmiedike.

Den Herrn Schulze und die Herren Beigeordneten! Und den Herrn Lange — den reichsten Mann vom ganzen Ort!

Frau Mühlich.

Das hat sie ja nich gewußt.

Schmiedike.

Paßt sich denn so etwas für ein junges Mädchen? Paßt sich das?

Käthe (lachend).

Kinder, nu hört, die Lotte is das Karnickel gewesen.

Lotte

(fährt, indem sie Käthes Stimme hört, wie von einem Schlage getroffen, zusammen und wendet die Augen auf sie).

Käthe und Otto (kommen die Stufen herab).

Otto

(sein Bierglas in der Hand, tritt auf Lotte zu. Er lächelt; man bemerkt an seinem Wesen, daß er etwas getrunken hat. Er setzt das Glas auf den Tisch links).

Aber Lotte, was hat's denn hier gegeben?

Lotte (starrt ihn sprachlos an).

Otto

(streckt die Hand aus).

Krieg' ich denn keine Hand?

Lotte (ohne sich zu rühren).

Otto —!

Otto

(tritt zu Frau Mühlich).

Da bist Du ja auch, Mutter — na — gieb mir 'nen Kuß. (Er küßt sie.)

Frau Mühlich.

Na weißt'e Junge, Du scheinst Dir gar nich schlecht unter= halten zu haben?

Otto.

Warum soll ich denn? Wenn man unter guten Freunden
ist —

Lotte
(sieht sich langsam um, dann ihm in's Gesicht).

Sind das hier Deine Freunde? Die — aus der Fabrik?
(Inzwischen haben Anton und Käthe sich am Tische links niedergelassen.)

Otto.

Das klingt nun so — aus der Fabrik —

Lotte (heiser, leise).

Mit denen — bist Du gegangen?

Otto.

Was ist denn dabei?

Lotte.

Mit denen — bist Du gegangen?

Otto.

Warum bist Du so lange fortgeblieben? Wenn Du früher
gekommen wärst —

Lotte.

Warum — ich —? Hast denn Du nicht kommen wollen,
mich abholen bei Deiner Mutter?

Otto (lächelnd).

Na — ja —

Lotte (mit zuckenden Lippen).

Warum — bist Du denn nicht gekommen?

Otto.

Ich habe grade gehen wollen, aber in dem Augenblick
sind die ja angekommen.

Lotte.

Und da — bist Du mit ihnen geblieben?

Käthe.

Herr Mühlich, wenn Sie fertig sind mit's Katechismus-
Hersagen, denn sagen Sie's; denn wollen wir noch eins tanzen.

Lotte
(mit einem Blick auf Käthe, laut).

Und mit der haſt Du getanzt?

Käthe (lacht laut auf).

Otto (zu Lotte).

Du — Du machſt es ja wirklich noch, daß alle Welt über mich lacht!

Käthe.

Du — Lotte —?

Lotte (wendet ihr den Rücken).

Käthe.

Daß man die Weintrauben auf Deinem Hut nich ſauer werden.

(Gelächter unter den Umſitzenden.)

Frau Mühlich (eilt zu Käthe).

Sei Du doch man ſtill und ärgere das Mädchen nich.

Käthe.

Wer ärgert denn? Der Hut is ja ſchön; akkurat ſo einen hat meine Großmutter aufgehabt, als ſie Großvatern nahm.

(Erneutes Gelächter.)

Lotte
(fährt zu ihr herum).

Ob mein Hut ſchön iſt oder nicht — das geht Dich nichts an!

Frau Mühlich (zu Lotte).

Lotteken — kalt Blut —

Lotte
(ſteht Käthe mit flammenden Augen gegenüber).

Stimmen der Umſitzenden.

So is recht! Laß Dir's nich gefallen!

(Gelächter.)

Otto (faßt Lottes Hand).

Lotte — ſo ſei nicht ſo —

Lotte (stößt seine Hand fort).

Laß mich — Du haft mir nichts zu sagen, wenn ich — so Einer meine Meinung sagen will!

Käthe.

Na bitte, bitte — menagiren Sie sich ein bischen, wenn's jesällig is.

Lotte.

Jawohl! So Einer!

Käthe
(erhebt sich und zieht sich gleichzeitig hinter den Tisch zurück).

So Einer? Und was bist denn Du für Eine? Wie?

Lotte.
(kommt Schritt für Schritt dem Tische näher).

Wie ich bin? Wie ich bin?

Otto.

Aber Lotte —

Käthe.

Ja — allerdings!

Lotte.

Damit Du's also weißt: ich bin ehrlich!

Anton.

Nu man sachte; das sind Andre doch wohl auch?

Lotte.

Ich mach's nicht wie Andere, und gehe nicht hinter'm Rücken der Leute umher und rede nicht hinter ihrem Rücken — wie Andere — und — und

Käthe.

Aber in einen Punkt kannst Du ruhig sein, Lotte, weißt Du, Deinen Hut, den mach' ich Dir nich abspenstig. (Gelächter.) Den laß' ich Dir mit sammt die Weintrauben und die janze Jarnitur.

Lotte (reißt den Hut vom Kopfe).

Der Hut — und immer der dumme Hut —

112

Käthe.

— behalt' ihn man auf; er steht Dir.

Lotte (sich vergessend).

Du — Du — Schlechte! (Sie schlägt Käthe mit dem Hut in's Gesicht.)

Anton (springt auf).

Nu hat der Spaß aber ein Ende! Das war jrob!

Käthe (ist aufgesprungen).

Das nennt man Bildung! Das ist die Tochter von dem jebildeten Herrn Uhrmacher Balzer!

Otto (reißt Lotte zurück).

Was machst Du denn?

Lotte

(von plötzlichem Schreck über ihre That erfaßt, hat den Hut zur Erde geworfen, ist von dem Tische links bis in die Mitte des Vordergrundes zurückgetreten, in Thränen ausgebrochen und steht jetzt, beide Hände vor dem Gesichte, schluchzend da).

(Inzwischen hat die Musik aufgehört, weil Alles, was im Tanzsaale war, heraus geströmt ist; die Bühne hat sich dicht gefüllt. Man hört aus der Menge Gelächter und einzelne Stimmen:) „Was ist denn hier los?" „Hier giebt's Prügel." „Die Mächen."

(Anton steht in drohender Haltung links von Lotte, Käthe neben ihm. Frau Mühlich geht beschwichtigend zwischen Anton und Käthe hin und her. Otto ist am Tische rechts auf die Bank gesunken, das Haupt tief gesenkt, mit allen Anzeichen innerer Unschlüssigkeit und Verworrenheit.)

(Dies ganze Bühnen-Bild entwickelt sich in rascher, unmittelbarer Folge.)

Fünfzehnter Auftritt.

Balzer (ohne Hut, das Gesicht von leidenschaftlicher Erregung durchwühlt, kommt aus dem Hintergrunde).

Balzer.

Lotte — warum weinst Du?

Lotte

(fährt beim Tone seiner Stimme auf, wendet sich und stürzt sich mit einem Schrei in seine Arme).

Vater!! (Sie beugt das Haupt an seine Brust und weint.)

Balzer

(blickt drohend im Kreise umher, seine Stimme bebt vor Erregung).

Wer — hat hier — meinem Kinde was gethan?

Anton (verbiffen, trotzig).

Daß Sie ſich aufregen, Herr Balzer, das is nicht im jeringſten nöthig.

Käthe.

Was Ihr Töchterchen jethan hat! Danach fragen Sie jefälligſt!

Balzer.

Soll ich mir bei Euch die Weisheit einholen? Ich kenne mein Kind, und kenne Euch! Alle!

Lotte.

Vater, laß ſein — komm fort, Vater — in Roſengarten iſt ja nun doch alles aus.

Balzer (zu ihr niederſprechend).

Weißt Du das auch ſchon?

Lotte.

Ja — ich weiß alles.

Balzer.
(ſteht einen Augenblick in düſterſtem Sinnen).

Dann weine Du nicht — Thränen reichen da nicht mehr heran. — Komm! (Er wirft den Arm um ihre Schulter, führt ſie hinaus.)

(Sobald Beide abgegangen ſind, löſt ſich der Bann, der auf Allen gelegen hat; Gelächter und Geſchwätz bricht wieder aus.)

Frau Mühlich (rafft Lottens Hut auf).

Nu hat ſie noch ihren Hut liegen laſſen.

Käthe
(entreißt ihr den Hut, hebt ihn hoch).

Ein Hut is meiſtbietend zu verkaufen! Janz etwas Modernes!

(Gelächter.)

Otto
(ſteht auf, nimmt ihr den Hut aus der Hand).

Ach — laſſen Sie doch das.

114

Anton.

Nanu —? Otto? Nu trinken wir noch Eins; zur Beruhigung?

Otto

(steht einen Augenblick in Gedanken, wirft dann den Kopf zurück).

Jetzt nicht. (Er wendet sich zum Abgang.)

(Der Vorhang fällt.)

————

Ende des zweiten Aktes.

Dritter Akt.

(Zimmer bei Balzer wie im erften Akt.)

Erfter Auftritt.

Frau Balzer

(fitzt an dem runden Tifche; auf dem Tifche liegt ein großes gedrucktes Blatt Papier Sie fitzt regungslos, die Hände im Schoße gefaltet, mit dumpfen Augen zur Erde starrend).

Zweiter Auftritt.

Lotte

(kommt aus der Thür rechts, ihren Strickftrumpf in der Hand. Sie geht, mit einem fcheuen Blick auf die Mutter, zum Sopha, fetzt fich und beginnt zu ftricken. Man fieht ihr die innere Unruhe an, die fie niederzukämpfen verfucht; von Zeit zu Zeit hufchen ihre Augen zu der Mutter hinüber, die nach wie vor regungslos fitzt).

Mutter —? (Paufe.) Mutter — ift Dir was?

Frau Balzer

(kommt wie aus einer Erftarrung zu fich; ihre Hände löfen fich wie aus einem Krampfe).

Ach —

Lotte

(läßt den Strickftrumpf fallen, ift mit einem Schritt neben der Mutter).

Ift was paffirt, Mutter? Bift Du nicht wohl? Sprich doch ein einziges Wort?

Frau Balzer

(blickt ihr mit dumpfen Augen ins Geficht).

Wer kann denn da fprechen? (Sie ftützt Arm und Haupt auf den Tifch.) Gott — Du Gott — Du mein Gott!

116

Lotte (blickt auf den Tisch).

Was haft Du denn da zu liegen?

Frau Balzer.

Kannst es ja lesen.

Lotte (blickt in das Papier).

Ein — Patent? Hat Vater ein Patent gekriegt?

Frau Balzer (lacht bitter).

Lotte.

Was — lachst Du denn so?

Frau Balzer.

Kannst denn Du nicht lesen? Lies!

Lotte.
(nimmt das Blatt auf).

Sub — haftations=Patent —?

Frau Balzer.

Haft Du's nu 'raus?

Lotte.

Was bedeutet denn das?

Frau Balzer
(starrt sie an).

Was — das — be—?

Lotte.

Ich versteh' doch nicht.

Frau Balzer
(reißt ihr das Papier aus der Hand).

Na ja — Du bist wirklich Deines Vaters Kind.

Lotte.

So erklär's mir doch.

Frau Balzer
(mit zuckenden Lippen).

So etwas auch noch erklären —

Lotte.

Bedeutet es was Schlimmes?

Frau Balzer
(mit verzweifeltem Schrei).

Aus ist's mit uns! Das bedeutet's! Weißt Du's nu?

Lotte
(weicht einen Schritt zurück).

Mutter —?

Frau Balzer
(steht auf, geht im Zimmer hin und her; ihre Brust wogt, ihre Hände greifen in die Luft).

Aus! — Aus! — Aus! —

Lotte.

Wie denn — aus?

Frau Balzer.

Wie denn — aus? — und das steht — und das fragt — und da steht's gedruckt schwarz auf weiß — in drei Monaten ist Termin — da wird unser Haus verauktionirt — uns über den Kopf weg — weil wir die Schulden nicht haben bezahlen können!

Lotte
(drückt beide Hände gegen die Schläfe).

Herr Jesus im Himmel — unser Haus!

Frau Balzer.

Kommst Du nu dahinter? Ja? Weißt Du nu, was wir in drei Monaten sind? Daß wir Bettler sind? Auf die Straße gesetzt? Ja? Merkst Du nu, wo die großen Worte von Deinem Vater hingeführt haben? Ja? Merkst Du's nu? Merkst Du's nu?

Lotte.

Wann ist denn das da gekommen?

Frau Balzer.

Vorhin.

118

Lotte.

Hat's Vater denn schon geseh'n?

Frau Balzer.

Ja.

Lotte.

Ja? Wo ist denn Vater hin?

Frau Balzer.

'Rausgelaufen ist er.

Lotte.

Aber wohin denn?

Frau Balzer.

Was weiß ich.

Lotte.

Aber Mutter?! Aber Mutter?!

Frau Balzer.

Was?

Lotte.

Dann — muß man ihm doch nachgeh'n! Dann — muß man doch seh'n, wohin er ist!

Frau Balzer.

Ihm nachgeh'n —? Nach seiner Frau und seinem Kind hat er zu geh'n! Nach seiner Frau und seinem Kind hat er zu fragen!

Lotte
(drückt die Hände an die Ohren).

Mutter, sei doch nicht so! Sprich doch nicht so! Das ist ja schrecklich!

Frau Balzer.

Na ja — halte Dir nur die Ohren zu; das habt Ihr Beide ja Euer Leben lang gethan, wenn ich was gesagt habe. Nun seht Ihr's ja, wohin wir dabei gekommen sind. (Sie sinkt trostlos auf das Sopha.)

Lotte
(ſetzt ſich auf den Stuhl vor dem Arbeitstiſche des Vaters).

Lieber Gott — lieber Gott — verlaß uns doch nicht ſo!
Verlaß uns doch nicht ſo! (Sie faltet die gerungenen Hände, ein trockenes
Schluchzen durchſchüttert ſie.)

Dritter Auftritt.

Otto
(kommt durch die Thür im Hintergrunde. Er iſt im ſchwarzen Sonntagsrock. Gedrückt).

Guten Tag.

Frau Balzer.
Guten Tag, Otto.

Lotte
(ſteht geſenkten Hauptes auf und ſetzt ſich auf einen Schemel hinter die große Scheibe
der Thurmuhr).
(Pauſe.)

Otto.
Meiſter Balzer — iſt nicht da?

Frau Balzer.
'Rausgegangen — ſuchen Sie ihn?

Otto.
Ja. (Pauſe.)

Frau Balzer.
Wollen Sie ihn ſprechen?

Otto.
Ja. (Pauſe.)
(Otto tritt an den runden Tiſch, ſchiebt das Subhaſtations-Patent zu ſich heran,
ohne es aufzunehmen, lieſt ſchweigend, ſtehend.)

Frau Balzer
(die ihm mit den Augen gefolgt iſt).

Ja — nicht wahr?

Otto.
Ja — ja.

Frau Balzer.
Wußten Sie's ſchon?

Otto.

Ich — hatte es mir gedacht.

Frau Balzer.

Ich auch — aber wenn so etwas nachher wirklich kommt —
(sie drückt das Tuch an die Augen).

Otto.

Man sprach schon allgemein — daß es so kommen würde.

Vierter Auftritt.

Balzer
(die Mütze auf dem Kopfe, kommt durch die Thür im Hintergrunde).

Ah — sieh mal da — Otto — hab' Dich heut' ja noch
gar nicht geseh'n — dachte schon, man würde Dich überhaupt
nicht mehr zu seh'n bekommen.   (Er geht im Zimmer auf und ab.)

Otto
(der an seinem Arbeitstisch gelehnt steht).

Wieso denn?

Balzer (vor sich hin lachend).

Na — bist doch auch Einer von denen — den Zweibeinigen?

Otto
(mit einem Versuche zum Lächeln).

Sie meinen — ein Mensch?

Balzer
(wirft die Mütze auf den Tisch, setzt sich an den runden Tisch).

Und noch ein Rosengartner dazu! Außerdem — weil ich
doch nu kein Uhrmacher mehr sein soll — (er sieht ihn von unten
an) das weißt Du doch, daß ich kein Uhrmacher mehr bin?

Otto.

Das hab' ich wirklich noch nicht gewußt.

Balzer (schlägt auf das Papier).

Also — hast Du noch nicht gelesen?

Otto.

Doch.

Balzer.

So —? Na dann — aber ich verstehe — wir sind noch nicht am Ende? Das meinst Du?

Otto.

Ja — das mein' ich — Sie sind noch lange nicht am Ende.

Balzer (springt wieder auf).

Kannst recht haben. (Geht wieder auf und nieder, vor sich hin sprechend und lachend, sich an den Kopf schlagend.) Der ist noch da — den können sie mir nicht wegsubhastiren — und was da drin ist in dem — die Gedanken. (Bleibt drohend stehen.) In Acht genommen!

Otto.

Was meinen Sie denn?

Balzer (geht wieder auf und ab).

Drei Monat' hab' ich noch Zeit — drei Monat' — das ist etwas — da kann man was ausrichten, wenn man dahinter her ist — etwas — womit man ihnen über'n Kopf hauen kann — aber tüchtig!

Otto.

Was meinen Sie denn nur?

Balzer (tritt dicht zu ihm).

Wie ich Euch einmal vorgelesen habe, erinnerst Du Dich — aus der Zeitung — ein paar Jahre sind's her — von einem Mann, der einen Kasten auf ein Schiff gebracht hatte? Und in dem Kasten war eine Sprengladung? Und bei der Ladung war ein Schlagwerk —

Otto.

Damit das Schiff in die Luft gehen sollte.

Balzer.

Natürlich.

Otto.

Und nachher explodirte das Ding zu früh, in Bremer=
haven, war's nicht so? als sie's auf das Schiff tragen wollten.

Balzer.

Weil sie's auf die Steine hatten fallen laffen, die un=
geschickten Kerle.

Otto.

War doch immer noch ein Glück.

Balzer.

Ein Glück?

Otto.

Im Vergleich zu dem, was geschehen wäre, wenn sie's
richtig in's Schiff gebracht hätten?

Balzer.

Ja, nicht wahr? — dann hätten sie in die Luft gemußt,
die Zweibeinigen, und in's Waffer! Zu den Haififchen!

Otto.

Meister — Balzer —

Balzer.

Denn ich nehme an, daß es ein Uhrmacher war, der das
Schlagwerk gemacht hatte — einer, der sein Handwerk ver=
stand.

Otto.

Aber — Meister Balzer!

Balzer.

Weiß schon, was Du sagen willst, daß ich kein Uhr=
macher mehr bin; aber sei ruhig, das kann ich noch; so ein
Schlagwerk krieg' ich noch fertig; auf die Minute soll's ein=
schlagen; auf die Sekunde und Zehntel=Sekunde!

Otto.

Was — sind denn das nur — für Gedanken?

Balzer.

Nicht wahr? Schöne Gedanken.

Otto.

Schreckliche.

Balzer.

Und daß sie mir das Ding auf die Steine fallen laſſen, das ſoll mir auch nicht paſſiren; ich ſelber trage es hinüber.

Otto.

Wo denn — hinüber?

Balzer (kichert).

Und dann ſtellen wir's in den Keller verſtehſt Du, mitten d'runten unter's Haus —

Otto.

Was denn für ein Haus?

Balzer.

Was für ein Haus —

Otto.

Die — Fabrik?

Balzer.

Du hörſt ja nicht hin — ſeit 'ner halben Stunde ſpreche ich doch davon. Und dann ſtellen wir das Schlagwerk ſo ein, verſtehſt Du, daß es in der Nacht losſchlägt, gerade während ſie im Schlafe liegen, während ſie ſich wälzen auf ihren Geldſäcken, — aber nein — das iſt nicht richtig — bei Nacht ſind ſie ja nicht drin — bei Tage muß es ſein — während ſie Alle drin ſind in der Fabrik, all' die Wölfe, und der Weichſelburger mit ihnen. (Er geht händereibend, auf und ab.) Wird ein Spaß, Junge, wird ein Spaß! Hier am Fenſter, ſitzen wir, gucken hinüber und freuen uns, wenn die dummen Kerle nichts ahnen, und dann zählen wir — zählen wir — und nu iſt die Zeit da — und nu holt der Hammer aus — und nu fällt er auf die Patrone — und nu ſteigt eine feurige Lohe drüben auf, eine Säule, ein Thurm, und das Dach fliegt auseinander, und in der Lohe fliegen die Arme, die

Beine, die Köpfe — und allen voran der Weichselburger mit
einem Kobolz — einem Kobolz — hahahahaha!!

Frau Balzer
(die aufgereckt, mit weit aufgeriſſenen Augen geſeſſen hat).

Na — ſiehſt Du — nu lachſt Du ſelbſt — das iſt auch
nur gut.

Balzer.

Wer ſoll denn da auch nicht lachen? Wenn ſo ein alter
Kerl beim Kragen genommen und auf die Straße geſetzt wird
und bei den Nachbarsleuten ’rumfrägt, wo denn ſein Haus
geblieben iſt — da ſoll ’mal Einer nicht lachen! Zum Rad=
ſchlagen iſt das ja doch!

Otto.

Aber wiſſen Sie, Meiſter Balzer, wie Sie uns damals
die Geſchichte aus der Zeitung geleſen haben — da haben
Sie geſagt —

Balzer.

Was?

Otto.

Für ſo einen Menſchen — der ſo etwas thäte — da wäre
kein Galgen hoch genug.

Balzer.

Iſt nicht wahr —

Otto.

Iſt doch wahr, Meiſter Balzer. Beſchwören kann ich’s,
daß Sie das geſagt haben.

Balzer.

Dann hab’ ich’s geſagt, weil ich ein Narr damals war,
weil ich ſie nicht kannte, die Zweibeinigen! Jetzt bin ich
klüger wie damals. — Jetzt kenn’ ich die Brut! (Er ſieht mitten
auf der Bühne.) Jeſus Chriſtus, der Du Dein heiliges Herz ver=
ſchwendet haſt an das, was ſich der Menſch nennt, und
dem ſie dafür die Glieder durchnagelt und das Herz mit der
Lanze durchſtochen haben, Du weißt, wie’s ausgeſehen hat

da drinnen bei mir; daß ich in fünfzig Jahren nicht Einen
verkürzt habe um das, was ihm zukam, mein Handwerk nicht
betrieben habe, um reich zu werden durch Blut und Schweiß
meiner Mitmenschen, sondern, um ihnen Gutes zu thun an
Seele und Gemüth —

Lotte

(kommt aus ihrer Ecke hervor, stürzt auf den Vater zu, schlingt beide Arme um ihn).

Ja, Vater! Das weiß er! Ja, Vater! Das weiß er!

Balzer (ohne sie zu beachten).

Warum thun sie mir das, was sie heut' an mir thun?

Lotte (streichelt und küßt ihn).

Denk' nicht an die Menschen, Vater, denk' an Gott. Er
verläßt Dich nicht! Er verläßt Dich nicht!

Balzer.

Er hat es schon gethan! Den Wölfen hilft er zu ihrem
Raub.

Lotte.

Nein, nein, nein! Einen Menschen, wie Dich, verläßt
Gott nicht. Das weiß ich, Vater, das thut er nicht, das
kann er nicht! Siehst Du — und nun bist Du ja wieder,
wie Du früher immer gewesen bist — nun wird ja Alles
wieder gut! Darum — nicht wahr? — so etwas — wie
Du vorhin da gesprochen hast — (sie drückt ihm die flache Hand auf
den Mund) nie wieder, Vater, nicht wahr? — Siehst Du —
so lange ich denken kann — Alles, was Du gesagt hast —
Alles war immer so schön — wenn ich beim Prediger in der
Kirche gewesen bin — siehst Du — jedesmal, wenn's zu
Ende war, hab' ich bei mir gesagt, was der da gesprochen
hat, das sagt Vater viel besser, viel schöner! Darum — so
etwas, wie Du vorhin gesprochen hast — nicht wahr, Vater?
Nie wieder? Nie wieder? Nie wieder?

Balzer (blickt auf sie nieder).

Dich — können sie mir auch nicht wegsubhastiren.

126

Lotte.

Nein, Vater, daß sie mich von Dir fortbekommen, das kriegen sie nicht fertig!

Balzer.

Du bist mein Kind — und das ist Dein Unglück.

(Lotte will etwas erwidern, er bedeutet ihr, zu schweigen, löst sich von ihr los und setzt sich an den runden Tisch.)

(Pause.)

Otto.

Meister Balzer — wenn ich ein Wort sprechen dürfte —

Balzer.

Wer verwehrt Dir's?

Otto.

Seh'n Sie — ich habe so bei mir gedacht — etwas geschehen muß doch nu.

Balzer.

Etwas geschehen muß?

Otto.

Ich meine — etwas anfangen muß man doch.

Balzer.

Zu was?

Otto.

Na — schließlich — wie soll ich's sagen — damit man doch leben kann.

Balzer.

Ach so!

Otto.

Ja — aber — ist es denn nicht wahr?

Balzer.

Na natürlich. Ist man fünfzig Jahr' Uhrmacher gewesen, und es geht nicht mehr — na — fängt man was anders an; ist ja klar.

Otto.

Ach — Meiſter Balzer —

Balzer.

Straßen=Kehrer oder Chauſſee=Steinklopfer — dazwiſchen ſchwanke ich noch; beides ein ſchöner Beruf.

Otto
(mit einem Verſuche zum Lachen).

Daran würde ich nu wol nicht gedacht haben.

Balzer.

Sonſt bin ich aber zu nichts zu gebrauchen, außer Uhr= macher hab' ich nichts gelernt.

Otto.

Etwas anderes als Uhrmacher hab' ich ja auch gar nicht gedacht.

Balzer.

So? Haſt Dir was ausgedacht?

Otto.

Ich hätte wohl —

Balzer.

Na — ſo ſchieß los.

Otto.

Seh'n Sie, Meiſter Balzer, ohne Uhrmacherei können Sie doch nu mal nicht leben — das haben Sie ſelbſt eben geſagt — und ich könnte es ja auch nicht. Nu — meine ich — ſollten wir doch zu Rathe geh'n, wie und wo wir Ge= legenheit fänden, daß wir wieder dazu kämen.

Balzer
(trommelt mit den Fingern auf dem Subhaſtations=Patent).

Haſt alſo doch wol noch nicht geleſen?

Otto.

Ja doch — gewiß.

Balzer.

Also mußt Du doch wissen, daß es damit aus ist.

Otto.

Ja — hier ist es freilich damit aus.

Balzer.

Hier? Was soll das heißen?

Otto.

Ich meine nur — vielleicht findet sich doch anderswo eine Gelegenheit.

Balzer.

Wo?

Otto.

Es — werden doch auch anderswo Uhren gemacht.

Balzer.

Wo?! Wo?!

Otto.

Na — zum Beispiel — in der Fabrik.

Balzer.
(wirft das Haupt mit einem dumpfen Laute empor).

Lotte
(die den Vater unablässig mit den Augen verfolgt hat, macht einen halben Schritt auf ihn zu, drückt die Hände ineinander, sagt mit gepreßter Stimme).

Vater —

Balzer.

Hm?

Lotte.

Bleib' ruhig, Vater; laß ihn sprechen.

Otto (rasch).

Seh'n Sie, Meister Balzer, Sie kennen mich ja doch und Sie wissen ja doch, daß ich nichts sagen werde, um Ihnen etwas unangenehmes zu sagen — aber ich meine nur — wir sind doch einmal Menschen — und — wenn die Verhältnisse so liegen — ich meine — wenn die Verhältnisse so sind, daß man sagen muß — sie sind stärker als die Menschen —

Balzer
(steht plötzlich auf, tritt dicht vor ihn hin).

Du bist ein Rosengartner — nicht?

Otto.

Wie — meinen Sie denn —?

Balzer.

Ich frage nur, ob Du ein Rosengartner bist.

Otto.

Aber das — wissen Sie ja doch?

Balzer (setzt sich nieder).

Dann ist ja gut.

(Pause.)

Frau Balzer.

Sprechen Sie doch weiter, Otto.

Otto
(kommt von seiner Betroffenheit zu sich).

Ja — was ich nu sagen wollte — ja — sehen Sie,
Meister Balzer — ich meine nur — da ist die Fabrik doch
nu einmal, das ist ja nicht zu ändern —

Balzer (lacht in sich hinein).

Otto.

Und darum bin ich nu einmal hinüber gegangen und habe
sie mir angesehen.

Balzer.

Ah, hör' doch.

Otto.

Um zu sehen, ob sie denn wirklich so schlecht arbeiten,
wie wir es immer gedacht haben. Und da muß ich nun sagen,
so schlimm, wie wir's uns vorgestellt haben, sieht es da nicht
aus.

Balzer.

Bravo, bravo.

130

Otto.

Nein wirklich; und wenn ein Werkführer käme, der die Sache versteht — und der die Sache in die rechte Hand nähme —

Balzer.

Wer spricht denn da eigentlich? der Otto Mühlich doch nicht etwa gar?

Otto.

Meister Balzer, warum fragen Sie denn so? Meister Balzer, Sie wissen ja doch, wie ich's zu Ihnen meine — daß ich Sie lieb habe, wie ein Sohn seinen Vater — und wenn's doch nu einmal so steht, daß uns das Wasser an den Hals geht — und wenn wir doch sonst ertrinken müssen — oder was noch viel schlimmer ist, verhungern und verkommen — und wenn's doch anders sein könnte — und besser — und gut, wirklich gut — bloß, wenn man sich's richtig überlegt und einen Entschluß faßt — und wenn uns sonst auf der Welt nichts anderes übrig bleibt —

Balzer
(steht auf seinem Platze auf, reckt sich lang auf, sagt halblaut, die Augen auf Otto gerichtet).

Ein Rosengartner — Er ist ein Rosengartner.

Otto.

Was — meinen Sie denn nur damit?

Balzer
(greift mit bebenden Händen in die Westentasche, holt ein Taschenmesser hervor, klappt es auf, tritt an den Kalender, der an der Wand über dem Sopha hängt).

Siehst Du hier, was ich thue? (Er schneidet mit dem Messer in den Kalender hinein.) Den Tag schneide ich aus, den Himmelfahrts= tag, an dem ich zu ihnen gegangen bin, an dem ich mein Herz zu ihnen hinausgetragen habe und meiner Hände bestes Werk — und an dem sie mir beides vor die Füße geworfen haben, in den Staub, in den Dreck, und darauf getrampelt sind und mir meinen Glauben zertreten haben und meine Hoffnung und die Freudigkeit in meinem Herzen und mein Leben, die Ver= räther — die niederträchtigen — die — die Rosengartner!

Otto.

Das Herz im Leibe hat ſich mir umgedreht, als ich das Alles gehört habe.

Balzer.

Das glaub' ich Dir nicht!

Lotte.

Vater —

Balzer.

Was?

Lotte.

Vater — ſei nicht ungerecht.

Balzer.

Ich bin nicht ungerecht, ich kenne ihn, er iſt auch ein Roſengartner!

Otto.

Aber doch nicht ſo Einer wie die?

Balzer.

Ganz ſo Einer! Was ſie gethan haben, thuſt Du auch: Du ſchwenkſt!

Otto.

Ich — ſchwenke?

Balzer.

Dahin wo der Erfolg iſt — ja! das weiß ich, daß ſie den Erfolg haben, daß ſie mir die Kunden weggeholt haben, mir das Handwerk lahm gelegt haben, daß ſie jetzt Alles haben, und ich nichts — aber das iſt mir einerlei — Pfuſcher elendige ſind ſie darum doch, und ein Uhrmacher, der ſeine Sache ver= ſteht, bin ich darum doch!

Otto.

Wer beſtreitet denn das?

Balzer.

Wer? Haſt Du mir nicht ſelbſt eben die Fabrik gelobt?

Otto.

Ich — habe geſagt —

Balzer.

Weil sie den Erfolg hat! So seid Ihr! Früher hast Du recht gut gewußt, daß sie Schund arbeiten — jetzt, wo sie den Erfolg haben, ist das mit einem Male ganz etwas anderes! Natürlich; Kampf um's Dasein — freie Konkurrenz, das ist ja Euer Gesetz; den Hut vor einander zieh'n, wenn man sich auf der Straße begegnet, und derweilen Kampf bis auf's Messer, bis einer von beiden liegt! Wer oben auf bleibt, hat Recht, wer unten zu liegen kommt, hat Unrecht! Und so einer hat nichts zu verlangen, hat nachzugeben, zu Kreuz zu kriegen, vernünftig zu sein, und wenn er das nicht thut — dann ist er eben verrückt, und mit Verrückten geben praktische Leute sich nicht ab; die schmeißt man 'raus und läßt sie sitzen.

Otto.

Wer läßt Sie denn sitzen?

Balzer.

Du!

Otto.

Aber das ist doch nicht wahr? Ich habe Ihnen doch nur vorgeschlagen —

Balzer.

Wie darfst Du mir vorschlagen, daß ich ein Hund sein soll, der die Peitsche leckt?

Otto.

Meister Balzer, Meister Balzer, wenn ich nicht mehr zu Ihnen sprechen darf, wer soll es denn dann noch?

Balzer.

Einer, der mich versteht!

Otto.

Wer kennt Sie denn, wer versteht Sie denn besser als ich?

Balzer.

Du verstehst die Welt; und wer die Welt versteht, der versteht nicht mich!

Otto.

Aber — zur Vernunft reden, ist doch kein Unrecht?

Balzer.

Niederträchtig ist Euere Vernunft! Euere Vernunft ist wie
die Spinne im Netz, die von der Arglosigkeit der Fliegen
lebt! Verbrechen ohne handgreifliche That, das ist Euere
Vernunft! Arglosigkeit ist Dummheit! Und Dummheit ist
dazu da, daß die Schlauheit von ihr fett wird! Das ist
Euere Welt, das ist Deine Welt, Du — Du — Vernünftiger!
Du — Verräther!

Lotte.

Vater!

Balzer.

Ja doch! Hinter seinen Worten steckt ganz etwas anderes;
Du selbst willst hinübergehen, in die Fabrik, darum redest
Du mir zu, daß ich hinübergehen soll! Sag' nein, wenn's
nicht wahr ist! Sag' nein, wenn Du's kannst! — Siehst Du!
Da wirst Du still, da wirst Du still!

Otto

(fährt sich mit beiden Händen in's Haar; die Thränen stürzen ihm aus den Augen).

Herrgott, Herrgott, Herrgott, was soll ich denn aber thun?
Achtzehn Jahr bin ich alt — soll ich mit achtzehn Jahren —
betteln geh'n?

Balzer.

Ha —

Otto.

Eine alte Mutter hab' ich doch auch, die darauf wartet,
daß ich sie ernähren werde, wenn sie nicht mehr arbeiten kann!
Soll ich denn das nicht? Muß ich denn das nicht? Ist
denn das ein Unrecht, wenn ich mich danach umsehe, wie und
wo ich das kann?!

Balzer.

Also gehen Sie, Herr Mühlich, packen Sie Ihre Sachen

zusammen und machen Sie, daß Sie fortkommen! Machen Sie, daß Sie fortkommen!

Otto
(fällt vor ihm nieder, umschließt ihn mit den Armen).

Meister Balzer — sei'n Sie doch nicht so! Sei'n Sie doch nicht so!

Balzer (stößt ihn zurück).
Geh' weg von mir! Ich kenne Dich nicht mehr!

Lotte
(stürzt auf den Vater zu, umschlingt ihn).

Vater! Vater!

Balzer.

Was willst Du!

Lotte.

Das ist ja nicht recht, was Du sagst! Das ist ja nicht recht, was Du thust!

Balzer
(stößt sie von sich).

Also geh' Du auch hinweg! Meinetwegen — geh' mit ihm — wohin Du willst! Ich brauche Dich nicht! Ich will Dich nicht! Euch Alle nicht! Niemanden! Niemanden und Nichts! (Er rafft die Mütze vom Tische auf, geht nach dem Hintergrunde ab, wirft die Thür schmetternd hinter sich zu. Lotte, die Hände an die Schläfen gedrückt, steht wie in Betäubung; Otto erhebt sich langsam vom Boden.)

Frau Balzer
(erhebt sich langsam, wie aus einem Starrkrampfe erwachend, vom Sopha).

Gott Du da oben — wenn Du noch einen Funken Er- barmen für Menschen hast — dann laß mich sterben — ehe daß die drei Monate um sind. (Sie wankt nach rechts hinaus. Große Pause.)

Lotte
(geht langsam an die Thür rechts, welche Frau Balzer hinter sich geschlossen hat, legt die Hand auf die Thürklinke. Ihr Gesicht ist leichenblaß, aber ohne Thränen; sie hält, indem sie spricht, das Haupt gesenkt, ohne Otto anzusehen).

Herr Mühlich — mein Vater ist sehr heftig gegen Sie

geworden — aber ich hoffe, Sie werden es ihm nicht nach=
tragen —

Otto
(ſtarrt ſie in äußerſter Ueberraſchung an).

Lotte —?

Lotte (wie vorhin).

Indem Sie bedenken — daß er — große Unannehmlich=
keiten erlebt hat.

Otto.

Lotte, wie ſprichſt Du denn zu mir?

Lotte (wie vorhin, tonlos).

Wie es ſich gehört.

Otto.

Und weiter haſt Du mir nichts zu ſagen?

Lotte
(immer, ohne ihn anzuſehen).

Leben Sie wohl — Herr Mühlich.

Otto
(thut einen Schritt auf ſie zu).

Lotte —?

Lotte (ſchüttelt abwehrend das Haupt).

Otto (bleibt ſtehen).

Nicht mal die Hand mehr giebſt Du mir?

Lotte
(die Rechte auf der Thürklinke, ſtreckt, ohne ihn anzuſehen, die Hand nach ihm aus).

Otto (hat ihre Hand ergriffen).

Die Linke — alſo biſt Du mir auch böſe?

Lotte.

Nein, Herr Mühlich. Sie haben nicht anders gekonnt,
das weiß ich, das — das können Sie mir wirklich glauben.
Das habe ich ja auch meinem Vater geſagt — und darum
— es iſt mein voller Ernſt, — habe ich Sie ja gebeten, daß
Sie ihm nicht böſe ſein möchten.

Otto
(mit beiden Händen ihre Hand haltend).

Ich ihm böse sein? Und das kannst Du von mir denken?

Lotte
(zieht die Hand aus seinen Händen, deckt sie über die Augen: ihre Brust kämpft).

Otto
(ist zurückgetreten und auf den Stuhl vor seinem Arbeitstische gesunken).

Wenn ich doch nur etwas wüßte! Nur irgend etwas Anderes wüßte!

Lotte (heiser).

Sie — sind ja noch jung — Ihnen liegt ja — das Leben noch offen —

Otto.

Ach ich — aber der Mann! Der Mann! Denkst Du denn, es sind Redensarten, wenn ich sage, daß mir das Herz im Leibe bricht?
(Er hat die Hände vor das Gesicht gelegt, schluchzt.)

Lotte
(tritt zu ihm. Otto blickt nicht auf).

So — bist Du! So bist Du? (Sie beugt sich zu seinem Ohre, flüstert:) Wart' einen Augenblick.

Otto (fährt mit dem Kopfe auf).

Was soll ich —?

Lotte.

Einen Augenblick — warte. (Sie huscht nach dem Hintergrunde hinaus.)

Otto
(stützt beide Ellbogen auf die Kniee, das Gesicht in die Hände).

Nun ist's also soweit. — Immer hab ich im stillen gedacht, daß es einmal so kommen würde — und nun ist's da (Er blickt nach dem Platze hin, wo Balzer zu sitzen pflegte.) Leben Sie wohl, Meister Balzer. (Er ist aufgestanden, fällt auf Balzer's Schemel, drückt as Gesicht auf dessen Arbeitstisch.) Fünfzig Jahr' hat er hier gesessen — vor dem alten Tisch — und so lange ich denken kann, ist nie ein niedriger Gedanke durch seine Seele gegangen — Ach, Du Mann! Du Mann!

Lotte

(kommt aus dem Hintergrunde zurück, die Schürze aufgenommen und mit Blüthen gefüllt).

Otto (blickt auf).

Was bringſt Du denn da?

Lotte (flüſternd).

Ein Andenken für Dich — nimm — nimm — nimm — (ſie ſtopft ihm die Blüthen in die Hände).

Otto.

Der ſchöne Rothdorn.

Lotte.

Den haſt Du ja immer ſo gern gemocht — etwas Gold=
regen iſt auch noch dabei — der Flieder iſt ſchon zu Ende.

Otto.

Da haſt Du ja aber den ganzen Garten geplündert?

Lotte.

Was kommt's denn jetzt noch darauf an.

Otto.

Der liebe alte Garten — und das ſoll Alles für mich ſein?

Lotte.

Ja — aber Du mußt ſie für Dich behalten, denn wenn
Du ſie d e r wieder zeigſt, dann kommt ſie und giebt Dir
wieder ihre Blumen ſtatt meiner!

Otto.

Du denkſt — wegen der Roſe —

Lotte (drückt ihr Geſicht an ſein Haupt).

Davon ſprich nicht! Daß Du — mir — das haſt an=
thu'n können —

Otto (breitet die Arme aus).

Lotte —

Lotte

(fällt ihm unter ausbrechender Verzweiflung um den Hals).

Otto! Otto! Otto!

Otto.

Das Alles — ist ja wie ein Abschied!

Lotte.

Ist auch so! Heute gehst Du von meinem Vater — und von mir bist Du schon vorher gegangen.

Otto.

Wann denn? Wieso denn?

Lotte.

Denkst Du denn, ich weiß nicht Alles? Du — Du liebst mich ja gar nicht! Hast mich überhaupt niemals geliebt!

Otto.

Sprich doch nicht so etwas, Lotte; denk' doch nicht so etwas.

Lotte.

Ach Otto, das nützt ja zu nichts, daß Du das sagst! Jetzt willst Du mich trösten — denn Du bist ja gut von Herzen — nur schwach bist Du, und an dem allen ist ja nichts mehr zu ändern — und wenn Du erst von hier weg sein wirst und mit der wieder zusammen kommen und ihr in die Augen sehen wirst —

Otto.

Lotte —

Lotte

(hat einen Schemel neben den seinigen geschoben und sich darauf gesetzt, so daß sie jetzt neben ihm sitzt, den Arm um ihn gelegt, das Haupt gebeugt).

Sei doch still — ich mach' Dir ja keine Vorwürfe — Du kannst ja auch nichts dafür. Sie ist ja auch schöner als ich — das weiß ich ja recht gut — und vom ersten Tage an hat sie Dir in die Augen gestochen — und Du hast sie gemocht — während dem — wenn ich Dich so geneckt habe — das — das hast Du Dir eben so gefallen lassen — weil Du eben gut von Herzen bist — aber gemocht hast Du's eigentlich nie.

Otto.

Das kann ich ja gar nicht mit anhören —

Lotte.

Aber es ist doch so! Seitdem, da ich in Rosengarten
war, siehst Du, ist mir als hätt' ich einen Schleier vor den
Augen gehabt — und nun ist der Schleier mit einmal fort.

Otto.

Blos weil ich mit der einen Tanz gemacht habe —

Lotte (drückt ihr Haupt an seine Brust).

Sprich doch jetzt nicht davon! Verdirb mir jetzt nicht die
letzte Stunde! Denn siehst Du — daß wir so bei einander
sind — das kommt nun nie wieder, das ist heute zum letzten
Mal. Darum wollte ich Dir nur sagen — siehst Du —
daß ich früher immer so lustig und so mit Dir gewesen bin,
wie ein junges Mädchen mit einem jungen Mann gar nicht
hätte sein sollen, das ist ja wahr — aber das mußt Du
richtig verstehen — denn früher, siehst Du, hab' ich immer
gedacht, daß Du einmal Vater'n sein Geschäft übernehmen
würdest — und dann würde ich — immer so bei Dir sein
— und immer für Dich sorgen — daß Du gar nicht weiter
zu denken brauchtest, als nur an Deine Uhren — und weil
wir doch Beide noch so jung waren — so hab' ich gedacht
— das alles — würde lange so dauern — Jahre lang —
viele Jahre lang — und das alles — wäre so schön gewesen
— so schön — und nun — ist das Alles so gekommen!
(Sie gleitet vom Schemel, sinkt knieend daran nieder, die Arme auf den Schemel,
das Gesicht auf die Arme gelegt, in verzweiflungsvollem Kummer schluchzend und
weinend.) So! So! So!

Otto
(ist aufgesprungen, versucht sie von Boden zu erheben).

Lotte —

Lotte (schüttelt das Haupt).

Otto.
(läßt sich auf die Knie zu ihr nieder).

Lotte
(liegt am Schemel, Otto kniet neben ihr).

Lotte.

Laß doch sein — es ist ja auch gut so.

Otto.

Das wäre gut? Das glaubst Du ja selber nicht.

Lotte.

Nein Otto, es ist mein voller Ernst; es ist am besten so. Alles was Du jetzt sagst, siehst Du, das glaubst Du jetzt auch — das weiß ich ja — aber das ist nur für jetzt — und nachher kommt das Eigentliche wieder.

Otto.

Das Eigentliche?

Lotte.

Ja, das, was Du eigentlich fühlst, was ich erkannt habe und Dir im Gesicht gelesen habe — in Rosengarten, den Tag.

Otto.

Mir im Gesicht hast Du gelesen? Was denn?

Lotte.

Etwas, worüber wir beide nie wieder hinwegkönnen, Otto; niemals! etwas das zwischen uns gekommen ist und nie wieder fortgeht:

Otto.

Was denn nur? Was denn nur?

Lotte (flüsternd).

In dem Augenblick — siehst Du — wo ich so heftig ge=
worden bin gegen — die — und — sie mit dem Hute ge=
schlagen habe — in dem Augenblick hab' ich Dein Gesicht ge=
sehen — und habe gesehen —

Otto.

Hast gesehen —?

141

Lotte (immer leiser).

Daß ich Dir widerwärtig gewesen bin —

Otto (steht langsam auf).

Du — warst — so furchtbar heftig —

Lotte.

Ja — und Du bist so sanft. (Steht auf.) Siehst Du nun, daß wir von einander müssen, weil die Natur es will? (Pause.) Und dann, siehst Du, Du bist noch jung — hast noch ein langes Leben vor Dir, und siehst Du — da ist es nöthig, daß nichts hinter Dir zurückbleibt, woran Du mit Sehnsucht zurückdenken mußt — und wenn Du erst von hier fort sein wirst, und einige Zeit dahingegangen sein wird — dann wird das Alles ganz von selbst so kommen — und dann wirst Du vergessen haben — und — aber Du mußt nicht denken, daß ich Dir Vorwürfe machen will — es ist mein voller Ernst — dann wirst Du ganz leicht und glücklich sein — denn wenn der Mensch glücklich sein soll, muß er sich nicht zu erinnern brauchen.

Otto.

Was sprichst Du denn? Nicht erinnern soll ich mich an Meister Balzers Haus?

Lotte.

Das — ist ja dann nicht mehr da.

Otto.

Und so oft ich Dich sehen werde —

Lotte.

Das brauchst Du nicht zu besorgen.

Otto.

Was meinst Du damit?

Lotte
(sinkt stumm in sich zusammen, ihre Augen starren vor sich hin).

Otto

Lotte — was meinst Du damit?

Lotte
(schüttelt das Haupt als würfe sie einen Gedanken fort).

Nichts —

Otto.

Ja doch —

Lotte
(umfängt ihn, drückt das Haupt an seine Brust).

Sei still — sei still — sei still. (Pause. Dumpf und schwer.)
Gehst Du nun?

Otto.

Du hast ja gehört, was Dein Vater mir gesagt hat.

Lotte.

Ja. — — Wo wirst Du nun wohnen, wenn Du von
hier gehst?

Otto.

Ach —

Lotte.

Sag's mir!

Otto.

Der Anton hat mir gesagt — daß sie noch eine Stube
übrig haben.

Lotte (zuckt unwillkürlich auf).

Otto.

Warum fragst Du auch?

Lotte.

Sei ruhig — ich mach' Dir keine Vorwürfe — was
kannst Du denn anders thun? Du bist ja kein reicher
Mann — wohnen mußt Du doch irgendwo. — (Pause.) Otto?

Otto.

Was Lotte?

Lotte.

Willst Du mir noch eine Liebe thun?

Otto.

Ja alles.

Lotte.

Geh' heute noch nicht zu denen — willst Du?

Otto.

Heute — noch nicht?

Lotte.

Geh' heute noch zu Deiner Mutter, nach Rosengarten hinaus? Willst Du?

Otto.

Wenn ich nur begriffe —

Lotte.

Morgen kannst Du ja zu ihnen geh'n und dann bei ihnen bleiben, solange Du willst — nur heute noch, Otto — willst Du?

Otto.

Ja Lotte, wenn Dir soviel daran liegt, will ich heute zu meiner Mutter hinausgeh'n.

Lotte (aufseufzend).

Gut. (Sie erhebt sich.) So woll'n wir gehn. Ich begleite Dich noch ein Stück — wenn's Dir nicht unangenehm ist?

Otto.

Mir unangenehm? — Komm!

Lotte (blickt zum Fenster hinaus).

Die Sonne ist schon unter und es wird kühl. Ich will mein Tuch umnehmen (tritt an's Sopha, nimmt ihr dort liegendes Tuch um).

Otto
(geht während dem zu der Pendeluhr).

Lotte (wendet sich zu ihm um).

Was machst Du da?

Otto.

Du siehst ja: Deine Uhr ist gerade abgelaufen; so kann ich ihr noch den letzten Liebesdienst thun.

Lotte
(ist zu ihm herangetreten, hat seine Hand genommen).

Siehst Du — wie recht Vater gehabt hat —

Otto.

Wieso denn?

Lotte.
(mit dumpfem Blick auf die Uhr).

Die Uhr — hat er gesagt — ist klüger als wir Alle.

Otto.

So laß sie mich doch noch einmal aufzieh'n.

Lotte (faßt krampfhaft seinen Arm).

Das ist nicht mehr nöthig! Komm! (Sie zieht ihn nach dem Hintergrunde.)

(Vorhang fällt.)

———————

(Ende des dritten Aktes.)

Vierter Akt.

(Zimmer bei Balzer wie im ersten und dritten Akt. Es ist dunkel; beim Aufgange des Vorhangs ist die Bühne leer.)

Erster Auftritt.

Balzer (ohne Mütze, mit verwildertem Haar und Gesichtsausdruck, tritt durch die Thür im Hintergrunde ein, bleibt in der Mitte des Zimmers stehen und blickt sich um, als versuche er, im Dunkel Jemanden zu sehen; dann geht er an den runden Tisch, auf welchem eine einfache Petroleumlampe steht; diese zündet er an, hebt sie hoch und sieht sich wieder im ganzen Raume um. Er leuchtet in die Ecke hinein, in welcher die Thurmuhr steht; dann setzt er, wie enttäuscht, die Lampe auf den Tisch zurück, ergreift sie gleich darauf wieder und geht nach rechts hinaus, indem er die Thür hinter sich offen läßt; durch die offen gebliebene Thür dringt der Schein des Lampenlichts — man hört im Raum rechts ein Geräusch, wie wenn Jemand, hastig suchend, an Stühle und Möbel stößt; dann kommt er von rechts zurück, drückt die Thür hinter sich zu, setzt die Lampe wieder auf den Tisch und bleibt, gesenkten Hauptes, in Gedanken verloren, stehen. Nach einiger Zeit wirft er den Kopf empor und sagt mit ersticktem Laute). **Im Garten.** (Er läßt die Lampe stehen und geht hastig nach dem Hintergrunde hinaus. Nach einiger Zeit kommt er langsam, wie gebrochen, zurück, läßt die Thür halb offen hinter sich, geht an den Schemel vor seinem Arbeitstische, setzt sich schwer darauf nieder.) **Ist fort. —** (Er stöhnt.) **Ist fort — vielleicht etwas aufgeschrieben. —** (Er springt auf, sucht auf dem runden Tische, nimmt dann wieder die Lampe auf, sucht auf seinem und Otto's Arbeitstische, auf dem Sopha, in der Ecke hinter der Thurmuhr, dann setzt er die Lampe zurück.) **Nichts — ist fort. —** (Er sinkt auf seinen Schemel, stützt die Arme auf die Kniee, den Kopf in die Hände. Nach einiger Zeit läßt er die Hände sinken.) **Ja doch — Ihr braucht's mir nicht so laut in die Ohren zu schreien — ich weiß es — Ihr habt gewonnen.** (Er steht auf, reckt beide Arme.) **Daß Ihr die auf Eure Seite kriegen würdet — das —** (er läßt die Arme sinken.) **Ihr seid die Stärkeren — es ist aus. —** (Er tritt vor den Stuhl am runden Tische, auf dem Lotte zu sitzen pflegte und auf dem ihr Strickstrumpf liegt.) **Hast's nicht mehr aushalten können bei dem alten Ver=**

rückten? Nein? Ihm kein Wort mehr dalassen können?
Nein? (Er schlägt mit der Hand durch die Luft.) Sie spricht nicht mehr —
ist fort. — (Sein Blick fällt auf die Wanduhr; er tritt davor, ballt die Fäuste.)
Du hast sie zuletzt gesehn! Wo ist sie hin, Alte? — wo ist
sie hin? (Die Hände sinken ihm nieder.) Spricht auch nicht mehr
— steht still — ist todt. — (Ein Lächeln geht über sein Gesicht.)
Todt — und da regt man sich auf — während alles so einfach
ist — (zu der Uhr gewandt). Möchte auch wissen, was wir Beide
noch in einer Welt zu suchen haben, Alte, die so aussieht, wie
die! Nicht wahr? (Er läßt die Ketten der Uhr durch die Hand gleiten.)
Siehst Du — was ich Dir damals für starke, feste Ketten
gemacht habe — hm? Das war gut; die können was
tragen. — Bist klug gewesen, Dein Leben lang — hast gewußt, daß ich sie noch einmal brauchen würde, hast sie mir
aufbewahrt. (Er holt kichernd, flüsternd, den Schemel, steigt hinauf, den Rücken
nach der Thür im Hintergrund gewandt, beginnt den Kasten der Uhr zu öffnen.)

Zweiter Auftritt.

Lotte
das Tuch um die Schultern gezogen, erscheint in der Thür des Hintergrundes, bleibt
in den Thürpfeiler gelehnt, stehen, sieht dem Vater zu, ohne Schreck und Bewegung).

Walzer (kichernd, flüsternd).
Nun geh'n wir in den Garten verstehst Du, an den Birn-
baum — und dann — wenn sie dann kommen, das Haus
einzustecken — und den Garten — und sich die Birnen
vom Baum schütteln wollen — verstehst Du — dann schütteln sie sich den alten Kerl vom Baum, den verrückten —
wird ein Spaß —

Lotte.
(mit klangloser, ruhiger Stimme).
Mein Vater — so nicht.

Walzer
(stößt einen dumpfen Schrei aus, taumelt vom Sessel, sinkt darauf nieder).
Sie — ist wieder da — (das Haupt fällt ihm auf die Brust).

Lotte
(legt ihr Tuch ab, geht zu ihm hinüber).

Wo sollte ich denn sein?

Balzer.

Ist — wieder da —

Lotte.

Wo dachtest Du denn, daß ich wäre?

Balzer.

Dachte — wärest fort —

Lotte (streichelt über sein Haupt).

Aber Vater —

Balzer
(wendet sich zu ihr herum, faßt sie mit beiden Händen).

Ist sie denn das?

Lotte
(sieht ihn stumm, beinah lächelnd an).

Balzer
(reißt sie an sich auf seinen Schooß).

Ach Du — mein — (er drückt sie an sich, läßt sie).

Lotte
(legt beide Arme um seinen Hals, lehnt die Wange an sein Haupt).

Weißt denn Du nicht, daß die Motten immer um's Licht
fliegen? Weißt denn Du nicht, wo mein Licht ist?

Balzer.

Meine Motte! Meine Motte!

Lotte.

Du armer Mann. (Pause.)

Balzer.

Wo bist Du hin gewesen?

Lotte.

Ich habe dem Otto Lebewohl gesagt und ihn noch ein
Stück begleitet.

148

Balzer.

Begleitet?

Lotte.

Er ist hinausgegangen, nach Rosengarten, zu seiner Mutter.

Balzer.

Und Du — bist wiedergekommen.

Lotte.

Ja, natürlich.

Balzer.

Wärst denn Du — nicht lieber — mit ihm gegangen?

Lotte.

Nein. (Pause.)

Balzer.

Warum sagtest Du denn vorhin „Vater nicht so"? Was meintest Du damit?

Lotte.

Ich hörte ja, was Du zu der Alten sprachst.

Balzer.

Hast Du es auch verstanden?

Lotte.

Ja, natürlich!

Balzer.

Na — türlich —?

Lotte.

Aber es hätte mir so leid gethan, wenn Du die Alte dazu gebraucht hättest.

Balzer.

Also — zu was denn?

Lotte.

Ach — es klingt ja nicht hübsch, wenn man's ausspricht. — Aber ich weiß eine Gelegenheit, da geht es viel schöner.

Balzer.

Das — weißt Du?

Lotte.

Ja — wo die Weiden draußen steh'n, am Teich, da liegt ein Weidenbaum ganz lang in's Wasser hinein — da kann man darauf entlang gehen bis an die Spitze — und dann ist es gleich ganz tief darunter — nicht einmal zu springen brauchen wir — nur ein wenig ausgleiten.

Balzer.

Wir?

Lotte.

Nu ja?

Balzer

Wir —?

Lotte.

Was meinst Du denn?

Balzer.

Aber — Du doch nicht?

Lotte.

Ja, natürlich.

Balzer
(hält sie mit gestreckten Armen von sich).

Mädchen —

Lotte
(blickt vor sich hin, nickt unmerklich mt dem Haupte).

Balzer. (schüttelt sie).

Warum trittst Du mir in den Weg?

Lotte.

Ich trete Dir nicht in den Weg.

Balzer.

Wenn ich — was ich — was ich thue, muß ich thun.

Lotte.

Ja.

Balzer.

Für mich giebt's nichts And'res mehr.

Lotte.

Nein.

Balzer.

Das fühlst Du?

Lotte.

Ja.

Balzer.

Das fühlst Du?

Lotte.

Ich sag's Dir ja.

Balzer.

Warum willst Du mich dann festhalten hier?

Lotte.

Ich will Dich nicht festhalten.

Balzer.

Ja — doch! Ja! Ich soll denken — daß ich Dich mit=
reiße, wenn ich — hinuntergehe dahin. Und weil Du weißt
— daß ich das — wenn ich das denke —

Lotte
(legt die Hand auf seinen Mund).

Sei doch ruhig — (sie flüstert) wenn Du nicht gingest, ginge
ich ja allein.

Balzer.

Und das ist Dein Ernst?

Lotte
(wendet ihm das Gesicht zu, blickt ihn tief an).

Ach Vater — glaubst Du denn, daß Du allein unglücklich
bist?

Balzer (preßt sie an sich).

So unglücklich bist Du? (Pause.) Lotte, mein Kind, wer
hat Dich so unglücklich gemacht?

Lotte.

Wer? Das ist ja Alles von selbst gekommen.

Balzer.

Aber wenn Du nicht mein Kind wärest, würdest Du so unglücklich nicht sein.

Lotte.

Laß doch — wer kann wider seine Natur? Wer kann für seine Natur? (Pause.)

Balzer.

Lottchen — Du bist doch aber noch so jung.

Lotte.

Das ist ja eben das schreckliche.

Balzer.

Das Leben liegt doch noch vor Dir. Im langen Leben kommt mancher gute Tag.

Lotte.

Nein.

Balzer.

Aber Eins ist doch im Leben, was Du selbst schon erfahren hast. Denke doch an den Otto.

Lotte.

Davon sei still, davon sei still!

Balzer.

Aber ich weiß doch, daß Du ihn geliebt hast. (Pause.) Lotte — Du hast ihn doch geliebt?

Lotte.

Ja — sehr.

Balzer.

Und er Dich auch.

Lotte.

Nein.

152

Balzer.

Nein? das hab' ich doch mit eigenen Augen gesehen?

Lotte.

Ach Vater, das ist ja eben unser Unglück gewesen, Deines und meines, daß wir die Dinge nie so gesehen haben, wie sie wirklich sind.

Balzer.

So klug bist Du geworden? Mit einem mal?

Lotte.

So etwas erkennt man immer mit einem mal.

Balzer.

Und also — hast Du mit einem mal erkannt, daß er —

Lotte.

Mich nicht liebt.

Balzer.

So hat er Dich betrogen, wie er mich betrogen hat?

Lotte.

Betrogen? Nein. Er ist, wie er ist. Was kann er dafür, daß wir unser Leben lang geträumt haben?

Balzer.

Geträumt haben wir?

Lotte.

Ja. Wir haben in unsrem Haus wie auf einer Insel gelebt, und weil wir die Welt nicht sahen, haben wir gedacht, es sähe überall so aus, wie bei uns. Nun haben sie uns geweckt — und — siehst Du, Vater — wach zu sein, das haben wir Beide nicht gelernt.

Balzer.

Du armes Kind — hat sich Dein Vater so an Dir versäumt?

Lotte.

Wer kann für seine Natur? Nun siehst Du doch ein,

daß es für mich Zeit ist, wie für Dich. (Sie löst sich von ihm los, verläßt seinen Schoß und stellt sich auf die Füße.)

Balzer (legt die Hand auf ihr Haupt).

Aber wenn wir vor Gott kommen, wirst Du ihm sagen, daß Dein Vater Dir nicht zugeredet hat?

Lotte
(sieht ihn mit todtem Lächeln an).

Vater — — Gott —?

Balzer.

Ja so — Du träumst ja nicht mehr — das hatt' ich vergessen. Nun merk' ich selbst, es ist Zeit. Wir wollen geh'n.

Lotte.

Ja. (Sie nimmt ihr Umschlagetuch um, dabei versinkt sie in Gedanken.)

Balzer.

Ueberlegst Du etwas?

Lotte (nach der Thür rechts blickend).

Da nebenan liegt Mutter und schläft — ob man ihr nicht gut' Nacht sagen soll?

Balzer.

Aber — wenn sie Dich fragt —?

Lotte.

Ich bin ganz leise — ich wecke sie nicht. (Sie ergreift die Klinke der Thür; im Augenblick da sie dies thut, wendet sie, wie horchend, das Haupt nach dem Fenster.)

Balzer
(der mitten im Zimmer steht).

Hörst Du das auch?

Lotte.

Ja — es klingt — wie wenn —

Balzer.

Wie wenn Jemand die Straße daher gelaufen kommt — gerade auf uns zu —

Otto
(aus der Ferne, hinter der Scene links, athemlos, keuchend rufend).

Meister Balzer! Meister Balzer!

Lotte
(fährt furchtbar zusammen).

Herrgott —

Otto's (Stimme näher).

Meister Balzer!

Lotte
(stürzt mit einem Sprunge in die Ecke, hinter die Thurmuhr).

Lösch' das Licht aus, Vater! Lösch' das Licht aus!

Balzer
(steht wie angewurzelt, das Haupt immer wie lauschend, vorgestreckt).

Otto
(bricht durch die Büsche am Fenster hindurch; am Fenster erscheint sein todtenblasses Gesicht; der Hut ist ihm vom Kopfe gefallen).

Meister Balzer — wo ist die Lotte? Wo ist die Lotte? Meister Balzer — ist sie zurückgekommen? Ist sie hier?

Lotte
(das Gesicht in den Händen bergend, sich in Todesqual windend).

Vater — schließ die Thür zu, daß er nicht 'reinkommt! Schließ die Thür zu!

Balzer (steht regungslos).

Otto (verschwindet vom Fenster).

Lotte.
Vater, hör' doch, was ich sage — wenn er 'reinkommt —

Dritter Auftritt.

Otto.
(erscheint in der Thür im Hintergrunde).

155

Lotte (ſpringt auf).

Nein!!

(Sie ſtürzt nach der Thür rechts; Otto iſt mit einem Schritte herein, fängt ſie in
ſeinen Armen, hält ſie gewaltſam feſt.)

Otto.

Lotte!!

Lotte

(ſträubt ſich gegen ihn, kommt dabei zu Fall, ſo daß ſie ihn auf die Knie niederzieht).

Lotte.

Du ſollſt nicht — Du darfſt nicht — ich will nicht —
Du haſt Dein Wort gebrochen — Du haſt mir geſchworen,
daß Du weiter gehen wollteſt — Dich nicht umſehen wollteſt
nach mir —

Otto.

Ich bin auch weiter gegangen — aber wie ich weiter ge=
gangen bin — iſt mir plötzlich eingefallen — wie Du ge=
weſen biſt — was Du geſagt haſt — und ich habe neben
Dir geſeſſen — und es nicht geſeh'n — habe Dich reden ge=
hört — und Dich nicht verſtanden — und mit einem male
iſt mir's aufgegangen, daß Du was vorhatteſt! Etwas Schreck=
liches! Und es iſt auch ſo! — Und Du haſt etwas Schreck=
liches vor! Ich ſeh's Dir an! Ich ſeh's Dir an!

Lotte.

Nicht feſthalten mehr! Nicht wieder anbinden mehr!
Laß mich! Laß mich!

Otto.

Lotte! Was haſt Du vorgehabt? Lotte! Du haſt in den
Tod gehen wollen, Lotte?

Lotte

(liegt ächzend in ſeinen Armen).

Otto.

In den Tod haſt Du gehen wollen und haſt es mir nicht
geſagt! Haſt mich hinausgehen laſſen — und — es mir
nicht geſagt! Und morgen früh, wenn ich hereinkam — wäre

keine Lotte mehr dagewesen! Die Lotte nie mehr — nie mehr! Und so hätte ich weiterleben sollen? Und das — konntest Du mir thun?

Lotte.

Du — sollst mich vergessen! Du hast mich vergessen! Du wirst mich vergessen! Das alles — hab' ich Dir gesagt.

Otto.

Nicht leben will ich in der Welt, in der Du nicht lebst! (Er bedeckt ihr Gesicht mit Küssen.)

Lotte

Ach Jesus — bist Du das — der mich so küßt?

Otto.

Mein Herz, meine Seele, mein Alles, meine Lotte, meine liebe, liebe Lotte!

Lotte.

(schlingt in plötzlichem Selbstvergessen beide Arme um seinen Hals, läßt ihn).

Otto — —! (Sie sinkt kraftlos zurück.) Ach — aber nun — was soll nun werden?

Vierter Auftritt.

Frau Balzer (kommt von rechts).
Was geschieht hier?

Balzer (hochaufgerichtet).

Ein Mädchen ist hier, das da geglaubt hatte, sein Leben wäre verblüht, weil es noch nicht zu blühen angefangen hatte — ein Mann ist hier, der nahe daran war, daß er zum Mörder ward an seinem Kind, weil eigener Kummer ihm das Herz verschloß und es taub machte und blind für das Leid seines Kindes. Und dieses Kind ist Dein Kind auch — und dieses Kind wird nicht sterben — (er ergreift Lottens Hand, zieht sie vom Boden empor). Dieses Mädchen wird nicht in den Tod gehen, — denn der Mann, an dessen altes Leben sie ihr junges geknüpft hatte — der sie braucht, wie sie ihn braucht — wird ihr sagen, daß es für ihn und für sie noch Zeit ist zum Leben.

Lotte
(fliegt ihm um den Hals).

Vater — ist das wahr? Ist das möglich? Kann das, kann das sein?!

Balzer (preßt sie an sich).

Daß ich Dein Leben an meinem Leben fühle — komm näher, komm dicht zu mir her! Wie das wieder wach geworden ist — wie das hüpft — wie das jauchzt — ja Lotte — es kann sein — und' wird sein — und glücklich wirst Du wieder werden.

Lotte.

Aber Du? Aber Du?

Balzer.

Und ich auch, Lotte, ich auch.

Lotte.
(an seinem Halse hängend leidenschaftlich zu ihm flüsternd).

Vater — Du sollst nicht sprechen, um mich zu trösten! Vater, Du glaubst nicht was Du sagst!

Balzer.

Ja, Lotte.

Lotte.

Nein, Vater!

Balzer.
(hält sie mit beiden ausgestreckten Armen von sich).

Ah — wer hat Dich — gelehrt —? Sei still — sprich nicht — sieh den da an — (er zeigt auf Otto) den da — den liebst Du?

Lotte.

Ja Vater — den liebe ich.

Balzer.

An den glaubst Du?

Lotte.

An den glaub' ich!

Balzer.

Dann kann's nicht wahr sein, was ich gesagt habe, daß er ein Betrüger ist!

Otto (langsam traurig).

Meister Balzer — bin ich Ihnen so verloren gegangen in einer einzigen Stunde?

Balzer (reißt ihn an sich).

Otto! — Ich habe ihn hinausgestoßen, und er ist wiedergekommen und hat mir mein Kind wiedergebracht! Und hat meinem Kinde das Lächeln wiedergebracht — und die freudige Seele — so Einer lügt nicht, — (halblaut) was war's, was Du gesagt hast? Man kann ein Uhrmacher bleiben — auch wenn man — bei denen — da drüben — in die Arbeit geht?

Otto (wirft das Haupt zurück).

Ja, Meister Balzer, das hab' ich gesagt!

Balzer.

Und das — sagst Du das auch jetzt?

Otto
(faßt Balzers Hand mit beiden Händen).

Das sag' ich auch jetzt!

Balzer
(legt ihm die Hand auf's Haupt, blickt ihm aus nächster Nähe in die Augen).

Gott ist über Dir und mir in dieser Stunde — nicht Deinen Mund allein, er hört, was Dein Herz spricht. Verflucht sollst Du sein, wenn Dein Mund spricht, was Dein Herz nicht glaubt — Otto — sagst Du das auch jetzt?

Otto

Ja, Meister Balzer, ja, Vater Balzer, ja! (Pause).

Balzer
(blickt sich langsam im Kreise um).

Morgen früh — geh' ich mit diesem da — hinüber in die Fabrik.

Lotte
(ergreift seine Hand mit beiden Händen).

Das kannst Du nicht! Das kannst Du nicht!

Balzer.

Von meiner Kinder Händen will ich nicht leben — mit

meinen Kindern will ich leben. Wer mit seinen Kindern leben will, muß ihnen ihr Recht gönnen — und das ist die neue Zeit.

Frau Balzer (fällt ihm um den Hals).

Vater — (sie bricht in Thränen aus) ach — sei mir nicht böse, daß ich so glücklich bin.

Balzer.

Du arme Frau — hat unser Beider Glück so weit aus= einander gelegen?

Lotte, Otto.

(sind während Balzer seine Frau an sich gedrückt hält, an die Wanduhr getreten, haben die Ketten der Gewichte ergriffen, die Uhr aufgezogen und das Pendel wieder in Bewegung gesetzt).

Balzer (wendet sich).

Ich höre den Herzschlag meines Lebens! Wer hat die Alte wieder zum Sprechen gebracht?

Lotte
(stürzt auf ihn zu, umschlingt ihn).

Sie hat so viel erlebt — sage mir, Vater, was sie spricht?

Balzer.

Morgen will ich Dir's sagen — heute hör' ich von allem nur eins —

Lotte.

Was ist das eine?

Otto (der zu ihm getreten ist).

Was ist es, Vater Balzer?

Balzer.
(breitet beide Arme um Lotte und Otto).

Die Lotte ist wieder da — der Otto ist wieder da — und ich — bin ein reicher Mann.

Vorhang fällt.

Ende.